高等学校高职高专艺术设计类专业规划教材

主编 吴道义　　副主编 朱欢瑶

Decorative Design

时代出版传媒股份有限公司
安徽美术出版社
全国百佳图书出版单位

高等学校高职高专艺术设计类专业规划教材

指导委员会

主　任　李　雪

副主任　高　武

委　员　（按姓氏笔画顺序排列）

王家祥　　江　洁　　谷成久　　杨文兰

沈宏毅　　汪贤武　　余敦旺　　胡戴新

姬兴华　　鹿　琳　　程双幸

组织委员会

主　任　郑　可

副主任　张　波　　高　旗

委　员　（按姓氏笔画顺序排列）

万藤卿　　方从严　　何　频　　何华明

李新华　　邵　杰　　吴克强　　肖捷先

余成发　　杨　帆　　杨利民　　郑　杰

胡登峰　　荆　泳　　骆中雄　　闻建强

夏守军　　袁传刚　　黄保健　　黄匡宪

程道凤　　廖　新　　颜德斌　　濮　毅

编写委员会

主　任　武忠平　　巫　俊

副主任　孙志宜　　庄　威

委　员　（按姓氏笔画顺序排列）

丁利敬　　马幼梅　　于　娜　　毛孙山

王　亮　　王茵雪　　工海峰　　王维华

王　燕　　文　闻　　冯念军　　李华旭

刘国宏　　刘　牧　　刘咏松　　刘姝珍

刘娟绫　　刘淮兵　　刘哲军　　吕　锐

任远峰　　江敏丽　　孙晓玲　　孙启新

许存福　　许雁翎　　朱欢瑶　　陈海玲

邱德昌　　汪和平　　吴　为　　吴道义

严　燕　　张　勤　　张　鹏　　林荣妍

周　倩　　顾玉红　　荆　明　　陶玲凤

夏晓燕　　殷　实　　董　苏　　韩岩岩

蒋红雨　　彭庆云　　苏传敏　　疏　梅

谭小飞　　霍　甜

图书在版编目（CIP）数据

装饰图案 / 吴道义主编. — 合肥：安徽美术出版社，2010.9

高等学校高职高专艺术设计类专业规划教材

ISBN 978-7-5398-2545-8

Ⅰ．①装… Ⅱ．①吴… Ⅲ．①装饰美术－图案学－高等学校：技术学校－教材 Ⅳ．① J51

中国版本图书馆CIP数据核字（2010）第173262号

高等学校高职高专艺术设计类专业规划教材

装饰图案

主编：吴道义　　副主编：朱欢瑶

出版人：郑　可　　选题策划：武忠平

责任编辑：赵启芳　　责任校对：史春霖　　徐　维

封面设计：秦　超　　版式设计：徐　伟

出版发行：时代出版传媒股份有限公司

安徽美术出版社（http://www.ahmscbs.com）

地　　址：合肥市政务文化新区翡翠路1118号出版传媒广场14F　　邮编：230071

营销部：0551-3533604（省内）

　　　　　0551-3533607（省外）

印　　制：合肥晓星印刷有限责任公司

开　　本：889×1194　　1/16　　印　张：5.5

版　　次：2010年9月第1版

　　　　　2010年9月第1次印刷

书　　号：ISBN 978-7-5398-2545-8

定　　价：38.00元

如发现印装质量问题，请与营销部联系调换。

序 言

　　高职高专教育是我国高等教育的重要组成部分，其根本任务是培养适应经济社会发展需要的、德、智、体、美全面发展的高等技术应用型专门人才。当前，经济社会的发展既给高职高专教育带来了难得的发展机遇，同时也对高职高专院校的人才培养工作提出了新的、更高的要求。

　　艺术设计是高职高专教育中一个重要的专业门类，在高职高专院校中开设得较为普遍。据统计：全国1200余所高职高专院校中，开设艺术设计类专业的就有700余所；我省60余所高职高专院校中，开设艺术设计类专业的也有30余所。这些院校通过多年的不懈努力，为社会培养了大批艺术设计方面的专业人才，为经济社会的发展做出了重要贡献。但是，随着经济社会的不断发展及其对应用型人才要求的不断提高，高职高专艺术设计类专业针对性不强、特色不鲜明、知识更新缓慢、实训环节薄弱等一系列的问题突显出来。课程和教学内容体系改革成为当前高职高专艺术设计类专业教学改革的重点。

　　教材建设作为整个高职高专教育教学工作的重要组成部分，不仅是艺术设计类专业教育的关键环节，同时也会对艺术设计类专业课程和教学内容体系改革起到积极的推进作用。艺术设计类专业的教材建设同样也要紧紧围绕高职高专教育培养高等技术应用型专门人才的核心任务开展工作。基础课教材建设要以应用为目的，以必需、够用为度，以讲清概念、强化应用为重点，专业课教材建设要突出教学的针对性和实用性。此外，除了要注重内容和体系的改革之外，艺术设计类专业的教材建设同时还要注重方法和手段的改革，以跟上经济社会发展的实际需求。

在安徽省示范院校合作委员会（简称"Ａ联盟"）的悉心指导和帮助下，安徽美术出版社根据教育部《关于加强高职高专教育教材建设的若干意见》以及《关于全面提高高等职业教育教学质量的若干意见》的精神和要求，组织全省30余所高职高专院校共同编写了这套高等学校高职高专艺术设计类专业规划教材。参与教材编写的都是高职高专院校的一线骨干教师，他们教学经验丰富，应用能力突出，所编教材既符合教育部对于高职高专教育教材建设的基本要求，同时又考虑到我省高职高专教育的实际情况，既体现了艺术设计类专业应用型人才培养的特点，也明确了艺术设计类课程和教学内容体系改革的方向。相信教材的推出一定会受到高职高专院校师生们的广泛欢迎。

　　当然，教材建设不可能是一蹴而就的事情，就我省高职高专艺术设计类专业的教材建设来讲，这也仅仅是一个开始。随着全国高职高专教育的蓬勃发展，随着我省职业教育大省建设规划的稳步推进，我们的教材建设工作也必将与时俱进，不断完善。

　　期待着这套艺术设计类专业规划教材能够发挥其应有的作用，也期待着我们的高职高专教育能够早日迎来更加光辉灿烂的明天。

高等学校高职高专

艺术设计类专业规划教材编委会

目 录 CONTENTS

概述 ·························· 1

第一章　装饰图案的基本概念 ··········· 9
第一节　装饰图案的基本概念 ········· 9
第二节　装饰图案的分类标准 ········· 10
第三节　装饰图案的构成要素和创作原则 ···· 14

第二章　装饰图案的素材来源 ·········· 16
第一节　自然形态的写生 ··········· 16
第二节　生活中的图案提取 ·········· 22

第三章　装饰图案形象的视觉造型 ······· 24
第一节　装饰图案造型的形式美法则 ····· 24
第二节　装饰图案形象的构图规律 ······ 30
第三节　装饰图案形象的组织形式 ······ 32
第四节　装饰图案形象的创作方法与表现技法 ··· 42

第四章　装饰图案形象的色彩配置 ·········· 52
第一节　获取装饰图案色彩 ············ 52
第二节　配置装饰图案色彩 ··········· 57

第五章　装饰图案在设计艺术中的应用 ······· 65
第一节　装饰图案在标志设计中的应用 ······ 65
第二节　装饰图案在包装设计中的应用 ······ 68
第三节　装饰图案在书籍设计中的应用 ······ 70
第四节　装饰图案在服装设计中的应用 ······ 72
第五节　装饰图案在室内设计中的应用 ······ 72
第六节　装饰图案在景观设计中的应用 ······ 76
第七节　装饰图案在动漫设计中的应用 ······ 79

参考文献 ····················· 81

后　记 ···················· 82

概 述

法国著名艺术大师罗丹说："生活中不是没有美，而是缺少发现美的眼睛。"在设计艺术研究领域中，图案形象是优美的，给人类社会带来了丰富的想象空间。图案与生活中器物、建筑、服装、动漫、电影等设计艺术都有着密切的联系。它既反映出物质利益，也体现出精神价值，是装饰性和实用性相结合的艺术形式。(图1至图3)

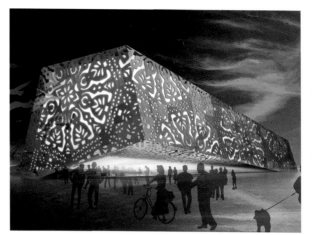

图1　以民间剪纸造型为外观的上海2010年世博会波兰馆

图案是人类文明发展到一定阶段的必然产物，是人类智慧的结晶。图案的形成和发展，体现了人们审美追求的发展过程，从无意识到有意为之，最终形成一定的风格样式。由于诞生的文化背景不同，图案本身也显示出极其丰富的、深厚的地域文化特色，展现出一个民族的生活习俗、审美心理、思想观念等精髓。

图2　"浩沙杯"第三届中国泳装设计大赛金奖作品

图3　2010年华特·迪士尼影片公司出品的电影《爱丽丝梦游仙境》的一个场景

图4 三鱼纹彩陶盆

图5 舞蹈纹彩陶盆

图6 小口尖底彩陶瓶

图7 饕餮纹

图8 夔龙纹

一、中国传统图案

早在中国的原始社会，人们就开始以图画为手段，记录自己的思想、活动、成就，表达自己的情感，进行沟通和交流。传统图案风格统一、特色鲜明，具有形式美和内涵美的双重审美特征。传统图案这种审美性和表意性共同构成了中国图案的意象性的民族美学风格。传统图案在具有固化思维和符号样式的同时，仍在不间断发展建构，并能够同时显示当下社会思想、文化、价值体系。

1.新石器时代

在新石器时代，原始社会的先民们创造了灿烂的彩陶文化。他们把在生活中观察到、感受到的事物加以理解和概括，巧妙组织并应用到各种器物上，形成了形式简练、内涵丰富的器型以及多种装饰纹样。新石器时代的彩陶常见器型有碗、盆、瓶、壶等。器物式样多变、造型丰富，搭配以不同图案作装饰，如动物图案、植物图案、抽象的几何图案等等，使器物形态更加美观。（图4至图6）

2.商周时期

商周两代是中国青铜器发展的鼎盛时期，青铜器的造型和图案在这一时期也得到了飞速发展。青铜器的种类有烹饪器、食器、酒器、水器、乐器、兵器等，其装饰图案以动物纹和几何纹为主。动物纹大致可以分为两类：一类是变形奇特、现实世界中没有的动物纹，一般称之为怪兽纹，如饕餮、夔、龙、凤等纹；一类是自然界中的动物纹，如象、犀、虎、牛、羊、鹿、龟、蛙、鱼等纹。几何纹包括有云雷纹、涡纹、乳丁纹、环带纹等。这些图案强化了青铜器神秘、沉重、威严的艺术魅

力，共同构成了商周时期青铜器装饰的鲜明风格。（图7至图9）

3.战国时期

战国时期手工业的分工带动工艺美术迅速发展，呈现百花齐放的态势。青铜器、漆器、玉器、金银器、纺织业、制陶业等，无论是制作工艺还是器物造型和装饰纹样，均有不同程度的创新变化。图案的组织结构多以四方连续、"S"形、"米"字形为骨骼。装饰图案内容越来越贴近生活，如狩猎、宴饮、歌舞等场景被运用于图案的装饰。图案中出现的动物纹、植物纹也不再神秘，蟠螭纹、蟠虺纹和写实图纹成为主要装饰纹样。（图10）

4.汉代

汉代建筑业的发达带动建筑材料砖瓦以及石材的发展，画像石、画像砖和瓦当是这一时期一种独特的工艺品种，并成为汉代艺术的综合体现。汉代画像石、画像砖和瓦当上的图案造型、制作工艺是这一时期装饰工艺水平的杰出代表。图案装饰以人物、动物、几何纹、涡卷纹、汉字纹、四神纹为主，题材内容多是神话故事、民间传说或生活图景的再现。（图11、图12）

5.南北朝时期

南北朝时期随着印度的佛教艺术传入中国，并为中国的佛教艺术及其他工艺美术所吸收，中国工艺美术发生了巨大的变化。其中飞天纹、瑞兽纹、祥禽纹、莲花纹、忍冬纹大量涌

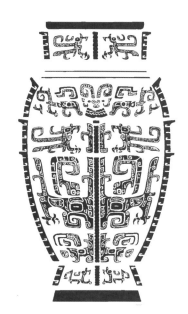

图9 夔龙纹

图10 宴乐水陆攻战铜壶

图11 龙纹画像砖

图12 四神纹瓦当（白虎）

现于浮雕、陶瓷、染织、漆器、建筑壁画等作品中。（图13、图14）

6.唐代

空前繁荣昌盛的唐代，经济发达、政策开放，对外交流频繁，这对我国工艺美术的发展产生了很大影响。唐代器物装饰风格活泼、丰富、华贵，装饰内容偏重花草植物纹，不再以动物纹为主体。卷草纹、折枝花纹、团花纹、宝相花纹是唐代典型的植物花卉装饰纹样，向外的曲线造型线条饱满丰富，极具张力。（图15）

7.宋元时期

宋元时期上层文人士大夫的审美意识对这一时期工艺美术产生了重要的影响，这一时期整体图案的装饰风格不仅自然生动，更趋写实，绘画也直接进入装饰领域。其风格清新自然，色彩雅致，简洁精细。装饰内容以花卉为主，较常采用的是莲花和牡丹花纹样。（图16）

8.明清时期

明代贸易十分兴隆，促进了明代的工艺美术跨入一个前所未有的发展阶段，器物造型和装饰趋向程式化，缠枝花纹是最流行的装饰纹样，装饰风格普遍应用绘画手法，端庄大方、明朗艳丽。清代的工艺美术制作水平远超前代，但美学境界不是很高。清代中期以继承传统为主；后期装饰风格片面追求繁琐华丽，而大大降低了艺术水准。明清的图案装饰纹样一般集中于陶瓷、织锦、雕漆、玉器等器物上。（图17）

二、传统装饰图案的继承与创新

中国传统图案是千百年来中华民族文化长期积累的结晶，是中华民族独特的思想内涵和文化主题的体现，更是我们当代设计师的宝贵资料。（图26）

传统图案具有优美的造型及深远的内涵寓意。它们大多反映某一时期

图13 瑞兽纹

图14 飞天纹

图15 卷草纹

图16 宋代折枝牡丹纹样

的文化思想，多数较为繁复。我们在图案的创新过程中，可以
运用现代设计的构成方法为指导思想，在保持其原意的前提下
对繁复的传统图案加以提炼、抽象和概括，以达到全新的视觉
效果。善于利用传统图案及传统文化，发掘创新，做到"古为
今用"。

图17　明药柜

三、中国民间图案

中国民间图案是广大劳动人民创造的，具有浓厚的乡土气
息，代表了劳动人民的一种生活理念以及审美情趣。民间图案
多与民俗活动息息相关。为了营造节日气氛，民俗活动中往往
都会出现一些有针对性的民间图案。通常情况下，不同的风俗
习惯、生产方式、审美趣味，必然产生不同的图案形式；即便
是同一类民间工艺品，它的造型、纹样、色彩也千差万别。这
就使得中国民间装饰图案异彩纷呈。民间图案的种类主要有剪
纸、印染、刺绣、泥玩具、年画、皮影、脸谱、木版画，等等。
(图18至图20)

图18　民间剪纸

图19　民间泥狗狗

图20　民间皮影

四、外国装饰图案

同中国传统图案一样，外国装饰图案也经历了漫长的发展演变过程，而且不同的国家有着不同风格的装饰图案。

1.埃及图案

埃及图案作品具有浑厚、神秘、静穆的气息，图案中所绘的人物或动物形象都是平面化的。埃及图案多以人物为主要元素，植物和动物纹作为装饰。动物纹与各

图21　埃及壁画

图22　波斯装饰图案

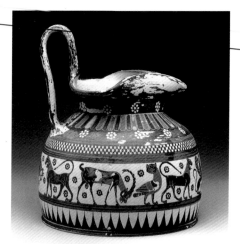

图23　图案精美的希腊瓶画

图24　图案精美的希腊瓶画

图25　非洲图案

种植物纹搭配在画面或浮雕的背景上，对画面起着装饰作用。植物图案中比较典型的是莲花纹和纸草纹，常用的动物图案有鸟、狮子、牛、羊等纹。此外，埃及的象形文字也是图案装饰的元素之一。（图21）

2.波斯图案

波斯图案具有浓郁的东方艺术气息，以纹样精美华丽、色彩艳丽强烈著称。在陶瓷、染织、金属器皿、建筑装饰上，出现了诸如人物、动物、植物、几何形等图案。图案造型饱满，动物常绘有翅膀，充满了奇幻色彩。（图22）

3.希腊图案

希腊图案崇尚造型比例的优美、典雅与和谐。希腊的图案艺术主要体现于希腊的瓶画中，前期图案纹饰以植物、动物纹为主要装饰内容，中后期的图案内容开始描绘一些生活场景、战争场面以及神话故事。（图23、图24）

4.非洲图案

非洲的图案纹饰多以原始巫术、图腾为主要元素，用木刻、浮雕、人物面具作为表现形式。这些浮雕、面具多形状怪诞、色彩丰富。（图25）

五、装饰图案的学习目的与作用

装饰图案的学习是由绘画过渡到设计的一个重要环节，它的实施贯穿了写生、造型、构成、色彩、表现及形式美法则的运用，实质上是对学生观察力、感受力、创造力、表现力以及审美情趣等综合能力的培养。艺术设计的复杂性决定了一个优秀设计师的综合素养是在实践经验、思维能力、艺术修养、知识结构等基础上逐步形成、发展和提高的。装饰图案虽然只是一门基础设计课程，但它同样需要对艺术美的自由驾驭，需要对自然客体的敏锐把握。树立良好的设计意识和观念，并将其贯穿于整个设计活动，设计师将会处于主动、积极、自觉的创作状态。因此，学习装饰图案的巨大作用在于对艺术设计的驱动性。

六、装饰图案的学习意义

20世纪80年代艺术设计教育在我国正式兴起时，装饰图案一直作为重要的基础设计课程，随着计算机在艺术设计中的广泛运用，越来越多的人忽视了学习图案的必要性与重要性。现今，装饰图案的学习不能停留在"学以致用"的表层

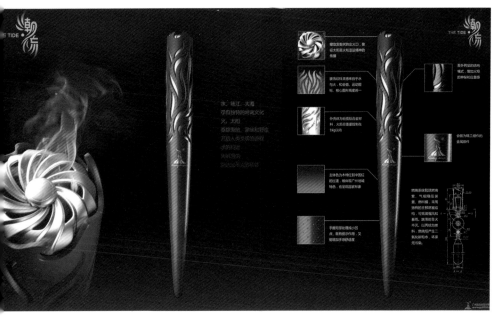

图26 融合水的和谐与火的激情的广州2010年亚运会火炬

上，不要满足于能绘制几幅精美的图案，而是要将图案设计视为与"三大构成"一样，是学习艺术设计过程中一个承上启下、循序渐进、不可跨越的重要阶段。因此，在装饰图案教学中应该强调其与专业设计的因果关系，强调其与专业设计的相关性，只有这样才能避免千篇一律。装饰图案的学习从以下几方面的入手。

感悟生活——观察能力的培养。装饰图案作为艺术形式中一种特殊的形态，它的产生离不开自然与生活，山川风景、花果草木、鸟兽鱼虫以及人的生产劳作和生活娱乐都构成了图案设计取之不尽、用之不竭的创作源泉。对自然物象进行写生，是图案设计获取素材最行之有效的方法，也是我们凭借自然的美，不断创造艺术美的重要途径。

触类旁通——创意思维的启迪。图案设计作为衔接专业设计的基础课程，重要的是对思维方式表达的训练，即创造力的训练。通过这门课程学习，学生可以从感性形象思维的层面上升到理性创意思维的层面。

潜移默化——审美能力的塑造。图案的特征是具有装饰性，由具象向抽象转化，最终升华为纯粹的基本构成元素——点、线、面、体等，将这些基本元素重新加以整合，创造更具形式美和意境美的图案艺术作品。图案的创作过程是一个追求美的过程，学习图案设计就是运用自然美、生活美、艺术美来培养我们感受美、鉴赏美、创造美的能力，促进我们对艺术美感的全面理解和把握。

第一章　装饰图案的基本概念

第一节　装饰图案的基本概念

　　图案早于文字，是人类创造的最早艺术形式之一。《现代汉语词典》中对图案的解释是："有装饰意味的花纹或图形，以结构整齐、匀称、调和为特点，多用在纺织品、工艺美术品和建筑物上。""图案"的"图"在汉字中是指绘制出来的图形、图样、图稿，而"案"则是指方案、计划、材料的选择。从广义上理解，图案的目的在于追求器物的功能性和形式美，含有整体设计的含义。从狭义上理解，图案是实用美术关于形式、色彩、结构的预先设计，在工艺、材料、用途、经济、生产等条件制约下，制成纹样，是装饰纹样等方案的通称。（图1-1、图1-2）

图1-1　装饰图案　作者：佚名

图1-2　装饰图案　作者：白洁

第二节　装饰图案的分类标准

　　对装饰图案进行科学分类，有利于我们全面地、系统地、专业地研究装饰图案，也为设计艺术创作提供了理论基础。装饰图案的种类繁多、内容丰富、应用广泛，从不同的角度分析有多种装饰图案的分类方法。

一、按骨骼组织分类

　　根据装饰图案的骨骼组织形式，装饰图案通常可分为单独纹样、适合纹样、二方连续和四方连续。（图1-3至图1-6）

二、按装饰空间分类

　　根据装饰空间可分为平面装饰图案、立体装饰图案和综合装饰图案。平面装饰图案是指在二维空间内绘制的纹样，例如染织品、产品包装、书籍装帧、广告招贴中应用的图案；立体装饰图案是指具有三维空间装饰效果的纹样，例如在景观环境、家具陈设、浮雕装饰、服饰配件、装饰壁挂中创作的图案；综合装饰图案是指二维空间和三维空间相结合的图案设计。（图1-7至图1-9）

图1-3 装饰图案　作者：李秋

图1-4 装饰图案　作者：李明圆

图1-5 装饰图案 作者：李晶晶

图1-6 装饰图案 作者：胡芸霞

图1-7 清代橙色云纹地宝相莲花重锦

图1-8 立体装饰图案（砂岩浮雕）

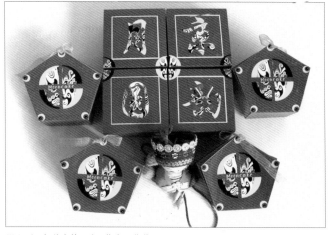

图1-9 包装中的图案 作者：董菲

图1-10 动物图案 学生作业

图1-11 人物图案 学生作业

三、按内容素材分类

根据装饰图案内容素材的装饰多样性，图案可分为植物图案、动物图案、人物图案、风景图案、几何图案等。（图1-10至图1-12）

四、按构成形态分类

根据对装饰图案研究的深入程度不同，装饰图案可分为自然形态构成的图案、抽象形态构成的图案、偶发形态构成的图案和概念形态构成的图案等。（图1-13至图1-15）

图1-12 几何图案 作者：谭文斐

五、按应用范围分类

根据应用范围不同，装饰图案可分为基础图案和专业应用图案两种。基础图案没有实用功能的要求，旨在掌握图案的造型、骨骼、色彩、表现技法等基本创作原理，为日后在实际设计案例中的应用打下基础；专业应用图案则是根据不同专业的实际需求而进行的图案设计，设计者要根据专业特点，结合用途、工艺、材料等要素完成图案造型设计。（图1-16、图1-17）

图1-13 抽象形态构成的图案 作者：万玉

图1-14 自然形态构成的图案 作者：吴国仪

图1-15 概念形态构成的图案 作者：范英

图1-16 装饰图案 作者：张业洪

图1-17 装饰图案 作者：阳番

图1-18 装饰图案形态的转变 作者：于媛

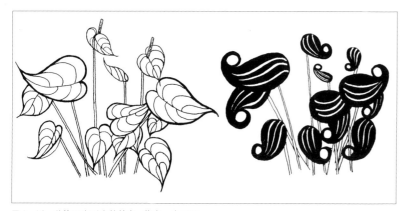

图1-19 装饰图案形态的转变 作者：李天磊

图1-20 装饰图案形态的转变 作者：王彦

第三节 装饰图案的构成要素和创作原则

装饰图案有三大构成要素：造型、构图、色彩。在创造装饰图案的过程中，要综合运用三要素并且要遵循其创作原则，对原始素材进行创新改造，这样才能创作出完美的图案作品。

一、装饰图案造型的创作原则

在装饰图案设计中，造型为第一要素。把写生的形态转变为具有装饰感的纹样，要依靠合理的造型方法。装饰图案强调主观感受，无论原型来源是植物、动物还是人物，都要依据创作的特点采取必要的夸张变形手段，以保证满足实用和审美的要求。（图1-18至图1-20）

二、装饰图案构图的创作原则

构图是图案创作的第二装饰要素，它是指图案元素的骨骼组织方式。使用合理的构图，使得设计的图案作品包含的全部装饰元素得到完美体现。装饰图案构图的创作原则：布局平衡、饱满丰厚、形象完整。（图1 21、图1-22）

三、装饰图案色彩的创作原则

图案色彩不同于写生色彩。写生色彩受光色关系的制约，基本上是自然色彩的再现；而图案的色彩不受光源色、固有色、环境色的制约，强调色彩的归纳性、统一性和夸张性，尤其注重对整体色调的设定及协调。（图1-23、图1-24）

图1-21 形的适合 学生作业

图1-22 层次丰富的植物图案 作者：佚名

图1-23 归纳静物色彩 学生作业

图1-24 归纳人物色彩 作者：王彦

第二章　装饰图案的素材来源

第一节　自然形态的写生

- ■ 训练内容：对植物、动物、人物、风景等自然形态进行描绘。
- ■ 训练目的：提炼自然中的物象形态，为图案创作采集原始素材。
- ■ 训练要求：选择多种类的事物作为写生对象，动笔前细致观察，对形态和色彩进行提炼，合理构图，掌握事物形态的造型取舍，描绘出物象的形态与神态。

一、写生的目的

　　写生是对自然形态的描摹，目的是为图案创作采集素材，是图案创作的前期工作。写生是手段，不是最终目的。写生的重点不在于写生稿的优美程度，而在于运用形式美等基本法则，经过观察、分析和研究，对物象进行艺术加工。分析物体的形体结构和生长规律，掌握物象的外部特征和内在精神，全方位地了解对象的形态特征与美的特点，从而为图案的设计变化做好准备。（图2－1、图2－2）

图2－1　动物装饰图案　学生作业

图2－2　人物装饰图案　学生作业

图2-3 花卉写生 学生作业

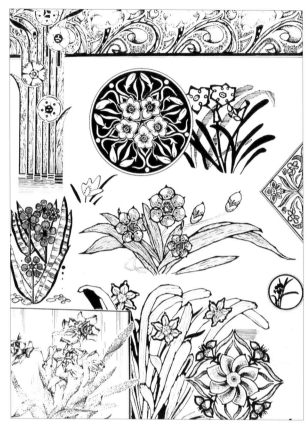

图2-4 花卉写生 学生作业

　　写生不仅锻炼了我们的观察力、表现力和概括力，还可以提高我们的想象力和创造力。对自然形态的典型特征进行细致观察和分析，对最能表达主题的形象进行反复研究、描绘，以获取更典型、更集中、更理想的形象，创作出更富于装饰意味的图案形态。(图2-3、图2-4)

二、写生的对象

　　现实生活中的可视形态都可作为写生的对象。在收集素材时要注意对形态描绘的全面性，面对同一个形态进行写生时，可选择从多个角度去描绘。例如对花卉的写生，可以将花的正面、背面、各种侧面记录下来；对花不同时期的生长状态下的形象（如花蕾及半开、盛开状态）进行描绘；对花与枝叶的形态组合进行描绘，等等。前期形态写生工作做得越充分，形态素材收集越广泛，后期设计实践应用就越方便。(图2-5)

图2-5 花卉写生 作者：尚丽

三、写生的表现手法

图案写生的方法是多种多样的，各种方法都各有特色。无论何种方法都是为创作图案做准备。

1.线描法

线描法是一种最基本、最常见的写生方法。线描是依据中国传统绘画中的造型方法，运用线的粗细、浓淡、曲直、刚柔、虚实等准确地表现对象的形态、结构和特点，有点类似中国画的白描。由于线描写生是用单线描绘形态，所以用笔用线较为讲究，要求线条均匀、生动、饱满，下笔准确、肯定、清晰。可用简练概括的线条表现物象的精神气质，也可用繁密细致的线条刻画物象的局部细节。（图2—6）

线描写生法在使用工具上有较大自由，常用毛笔、铅笔、炭笔、钢笔、圆珠笔、马克笔、蜡笔、色粉笔等，各种有色工具也被应用到线描写生中。

2.影绘法

影绘法着重描绘物体的外部轮廓，然后用颜色将描绘出的形体进行平涂，物象被表现成平面的剪影形式，与剪纸效果相近，因此也被称为剪影法。影绘法有利于锻炼和提高写生者敏锐的观察能力、概括的表现能力、提炼取舍的布局能力。这种画法的特点是概括性较强，在绘画时能够抓住物象的整体特征，舍去细部，重点描绘物象的轮廓特征和优美的姿态，使画面具有强烈的整体效果。这种练习是自然形向装饰形过渡的一个初步阶段。（图2—7、图2—8）

由于影绘法强调的是物象的外轮廓，因此写生角度选择尤为重要。要选择最能表现物象形态与神态的角度。一般不选择俯视或仰视角度，尽量避免重叠过多的角度，常选择平视。在表现方法上，切忌先勾出外轮廓再平涂填色，可借鉴中国画中写意的用笔方法，有方向、有转折、有起伏地进行描绘。另外在布局构图上还要注意处理形与底、黑与白的关系。

3.黑白灰写生

黑白灰写生是指抛开色彩关系，以明暗、深浅概括归纳，用黑、白、灰去表现对象的明暗层次和颜色的深浅变化。在黑白灰写生中，要根据物象的色调确定灰色的基调，灰色的归纳运用是成功的关

图2—6 线描莲花 学生作业

图2—7 影绘生活场
景 学生作业

图2—8 影绘生活场景 学生作业

图2-9 黑白人物 学生作业　　　图2-10 黑白风景 学生作业　　　图2-11 黑白场景 学生作业

图2-12 归纳花卉色彩 学生作业　　　图2-13 归纳花卉色彩 学生作业　　　图2-14 归纳花卉色彩 学生作业

键。一般来说灰色的层次不宜太多，不要超过三个；白色在画面中出现比例较少，使用要恰到好处，起画龙点睛的作用。这种表现手法细密、严谨，是进行图案变化的重要依据。（图2-9至图2-11）

　　4.归纳色写生

　　归纳色写生是指用概括归纳的方法，将所描绘物象的色彩用有限的几种颜色概括表现出来，训练的是色彩归纳能力。色彩的概括与形态的概括联系紧密，因此归纳色写生不仅考验了我们从自然色向装饰色过渡的能力，同时也训练了我们从自然形向装饰形过渡的能力，使所描绘物象的装饰性增强。在进行归纳色写生时要尊重自然色基调，在此基础上确立色彩调子倾向，加入自己的主观处理，将多变的自然色彩合理归纳，通过色彩冷暖、明暗的变化，用装饰的手法表现物象。（图2-12至图2-14）

图2-15 淡彩静物写生 作者：佚名

图2-16 淡彩花卉写生 作者：佚名

图2-17 淡彩装饰图案 学生作业

5.淡彩写生

淡彩写生是指在线描的基础上，根据对象的色彩以淡彩形式进行表现，既清晰地表现出物象的结构，又反映出物象的色彩变化，使原有的线描效果变得丰富。淡彩写生是一种简便而常用的写生方法，一般分为铅笔淡彩和钢笔淡彩两种，表现手法近似。先用钢笔或铅笔勾画出物象的轮廓，可做少量的调子处理来加强虚实关系，然后用比较清淡的色彩再进行渲染。上色的颜料有多种选择，一般常用的是水彩颜料、水粉颜料、水溶性彩色铅笔等。(图2-15至图2-17)

四、写生的方法

1.善于观察

在开始写生之前对物象进行反复、仔细、全面的观察，了解其特征、结构、比例是非常重要的。经过细致观察，在描绘时才能做到心中有数。通过深入观察，我们不仅能掌握物象的外部特征，还能体会它的内部特性。这样我们的写生就会透过表面深入本质，将物象的精神表达出来。(图2-18)

2.合理取舍

对物象形态的写生是一个概括和取舍的过程，

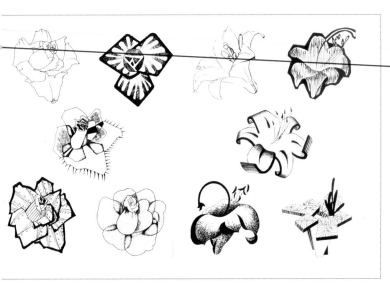

图2-18 花卉形态取舍 学生作业

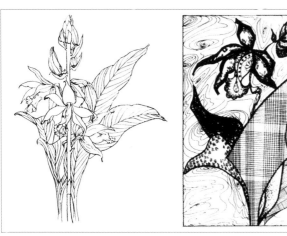

图2-19 花卉形态写生 学生作业

在细致观察的基础上，通过取舍表现出形态的主次关系。取舍时要注意整体与局部
的关系，对大的整体结构形态要概括、提炼，对小的局部形体要敢于舍去。例如写
生一朵花瓣残破的玫瑰，为了画面效果，可以主观地把花瓣补齐。(图2-19)

　　3.严谨构图

　　构图是根据纸面尺寸大小来确定的，形象在纸面中要保持完整性，不宜过大或
过小。构图时按照形式美法则对物象进行合理安排。注意画面的均衡性，过于追求
平衡会使画面僵硬，过于追求动感会使画面没有稳定感。(图2-20、图2-21)

　　作业内容：用线描法和淡彩法
对3~5种植物、动物以及人物动态
进行写生练习。

　　作业要求：手绘图案4张，其中
黑白稿、色彩稿各2张，可用不同的
表现技法。作业尺寸为30cm × 20cm。

　　作业提示：尝试多种写生方法
和写生工具，体会不同表现手法塑
造出的不同视觉感受。

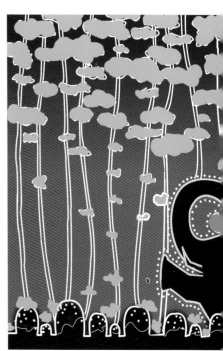

图2-20 花卉适合纹样构图 学生作业　　　　图2-21 自由式构图 作者：李俊

第二节　生活中的图案提取

- 训练内容：从现存的陶瓷、青铜、服饰、绘画等传统艺术品中提取图案造型元素。
- 训练目的：采集不同民族、民俗、地域、年代风格的图案素材，学习掌握各类传统图案的艺术特色、设计方法和表现技法。
- 训练要求：有针对性地选择生活中已有的器物，对其造型、纹样、色彩进行概括总结，在此基础上创造出符合现代设计的装饰图案。

　　经典艺术品的形态、纹样和色彩经过上千年的流传，其完美的艺术性和实用性得到了历史的验证。例如古老的壁画、华丽的织锦、淡雅的青花瓷、精美的雕刻、淳朴的剪纸、五彩的年画、质朴的泥玩具以及风格各异的民居，等等。只要合理地对生活中的器物纹样和色彩进行概括总结，就可创作出适合现代设计的图案，甚至有些图案可以直接应用到现代的设计中去。

　　学习经典图案艺术的过程不仅可以收集到大量的图案素材，还可学习到许多传统图案的设计技巧、表现技法和创作精神，同时也对不同民俗、民族、地域、年代等形成的图案风格特点进行了总结，为在现代设计中使用合适的传统图案提供了参考。(图2-22至图2-28)

　　作业内容：从传统的瓷器、剪纸、丝织品、雕刻、民居等中汲取3~5种图案元素，加以总结变化，以装饰图案的形式表现出来。

　　作业要求：手绘图案画4张，其中黑白稿、色彩稿各2张，表现技法不限。作业尺寸为30cm×20cm。

　　作业提示：尝试对某一传统艺术品的整体和局部纹样进行分析，同时归纳物象的色彩体系。

图2-22 四神纹瓦当（青龙）

图2-23 蟠螭纹

图2-24 缠枝纹

图2-25 皇帝龙袍

图2-26 二方连续

图2-27 非洲图案

图2-28 波斯装饰图案

第三章　装饰图案形象的视觉造型

图案形象是造型艺术的外在结构，是装饰艺术的物化和载体，它是通过形态、构图和色彩元素来塑造具有形式美的视觉形象。其功能价值和审美价值的文化取向形成了装饰图案的精神内涵，从而在造型方式上体现出鲜明的艺术特征。

第一节　装饰图案造型的形式美法则

- ■ 训练内容：运用形式美法则进行装饰图案练习。
- ■ 训练目的：掌握装饰图案设计中的形式美规律。
- ■ 训练要求：手绘练习。

内容和形式的辩证统一关系是装饰图案发展的普遍规律，认真研究装饰图案的形式美法则是非常必要的。装饰图案形式美包括三个方面的要求：形象典型、结构巧妙、色调唯美。人们在长期的艺术实践中创造和总结了众多能够激发人们产生视觉美感的形式美法则，其主要包括：和谐法则、节律法则、平衡法则和数理法则。

一、变化与统一

最早提出"和谐"美学说的是希腊的毕达哥拉斯学派，其主张"美在和谐，和谐源自对比统一"。和谐是变化与统一的基础，是构成图案形式美的最基本法则，也是造型艺术的普遍原则，是艺术家们创作表现的重要标准。

"变化"即画面组合部分性质的区别，具体表现为相异造型的布局形式。图案设计要求具有多样的变化。在造型上注重大小变化、方圆变化、凹凸变化、宽窄变化的形象塑造；在色彩上注重冷暖变化、明度变化、色相变化、纯度变化的色彩组合；在线条上注重粗细、曲直、长短、软硬的排列变化；在材料肌理运用上注重轻与重、软与硬、光滑与粗糙的质地变化。这些变化因素处理得当，能使图案作品生动活泼，富有生气。

"统一"是画面组合部分的规律化，体现了一种协调关系。装饰图案创作时应注意图案的造型、色彩、材质等内在的联系，把各个元素统一在整体之中，让人产生宁静和谐、井然有序的美感。

变化与统一是装饰图案形式美的总法则，它们之间相互依存、相互制约。设计的图案要做到"变化中求统一，统一中有变化"，使图案作品既有节奏韵律又有和谐统一的美感。(图3-1至图3-6)

图3-1　线条运用的变化与统一　学生作业

图3-2　形态造型的变化与统一　学生作业

图3-3　色彩的变化与统一　作者：成家猛

图3-4　材料肌理的变化与统一　学生作业

图3-5　色彩的变化与统一　学生作业

图3-6　色彩的变化与统一　作者：肖利

二、对比与调和

　　对比与调和是取得〝变化与统一〞的重要手段。对比是指在一幅图形中，强调各局部之间的差异性、矛盾性，使对比双方固有特征更加鲜明。如构图的虚与实、聚与散，形体的大与小、方与圆、宽与窄、高与低，线条的粗与细、曲与直、长与短，色彩上的色相、明度、纯度对比，都可以产生丰富生动的视觉效果。〝对比〞是〝变化〞的手段，〝变化〞是〝对比〞的目的。

　　调和是图案中各元素之间协调关系的体现，是〝统一〞的方法。调和使设计的图案具有条理性、秩序性。装饰图案设计中的线、形、色以及材质肌理等要素的相同或近似所产生的一致性，往往使图案具有和谐的审美感受。(图 3-7 至图 3-10)

图 3-7　色彩的对比与调和　学生作业

图 3-8　肌理的对比与调和　学生作业

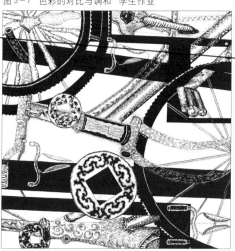

图 3-9　结构的对比与调和　学生作业

图 3-10　材质的对比与调和　学生作业

图3-11 对比和调和 学生作业

图3-12 对比和调和 作者：胡芸霞

图3-13 对比和调和 作者：穆晨

对比和调和手法，在图案的设计中常常同时应用，做到变化中求统一。
（图3-11至图3-13）

三、对称与均衡

以中轴线为基准，左右、上下为同形同量，完全相等或略有变化的形式，称为对称。对称有相对对称与绝对对称两种形式。从自然形象中，到处都可以发现对称的形式，如人的五官和身体就是左右对称的典型。左右对称的特点具有统一感，能够产生静止的视觉效果，有很好的安定感，不足之处是容易产生拘谨、呆板的感觉。对称满足了人们生理和心理上对于平衡的要求，是原始艺术和一切装饰艺术普遍采用的表现形式。对称形式构成的图案具有重心稳定、静止庄重、排列整齐的美感。（图3-14、图3-15）

均衡也可称平衡，这不是从物理学的角度，而是从视觉的角度来界定的。均衡是从形体的重量、大小、材质、色调、面

图3-14 对称与均衡 学生作业

图3-15 对称与均衡 作者：佚名

图3-16　图形大小均衡　作者：佚名

图3-17　图形面积均衡　作者：佚名

积、位置等视觉感知中所判断出的感觉。均衡是等形不同量的组合，即分量相同，但形体的纹样、色彩、动势等有所不同。均衡的形式以不失重心为原则，它的特点是稳定中求变化，具有自由灵活的视觉效果。（图3-16、图3-17）

四、节奏与韵律

　　节奏最早的定义为"音乐中交替出现的有规律的强弱、长短的现象"。在造型艺术中节奏则被认为是多维空间内的有规律或无规律的阶段性变化。图案创作中，节奏是指图案的形状、色彩等有规律的连续交替现象。设计图案时将基本形按照等距格式反复排列，进行空间位置的伸展，如连续的线、断续的面等，都会产生节奏。

　　韵律是在节奏的基础上形成的富有强弱起伏、抑扬顿挫的变化。节奏是韵律的条件，韵律是节奏的深化。节奏具有机械美，韵律具有变化美。在图案中表现节奏与韵律，可以通过图形的大与小、强与弱、虚与实、疏与密、明与暗，或方向、位置、色彩等方面有规律的组合，构成富有节奏与韵律的图案。重复与渐变是节奏韵律最常见的表现形式。（图3-18、图3-19）

五、比例与尺度

　　人类在长期生产实践中获得了多种美的比例，并确定共同审美准则。例如黄金矩形、平方根矩形以及各种数列比例。图案造型须要按一定的比例排列，也可以夸张比例与尺度，但被夸张的比例一定要与物象特征相结合，突出美的部分。黄金矩形的比例是1：1.618，在图案设计中并不要求完全达到这种准确的比例，但是比例美的概念依然对创作图案有指导意义。装饰图案的创作绝不是随心所欲的，必须在一定的比例尺度制约下进行。（图3-20、图3-21）

图 3-18 节奏与韵律 学生作业

图 3-19 节奏与韵律 学生作业

图 3-20 比例与尺度 作者：江姣蓉

图 3-21 比例与尺度 作者：李文茹

　　作业内容：运用四种形式美法则表现 4 幅装饰图案。

　　作业要求：手绘图案 4 张，其中黑白稿、色彩稿各 2 张，表现技法不限。作业尺寸为 30cm×20cm。

　　作业提示：可以从图案造型、构图和色彩元素间的组织关系来体现装饰艺术的形式美。

第二节　装饰图案形象的构图规律

■ 训练内容：图案设计中的构图规律。

■ 训练目的：运用图案设计中的构图规律设计图案。

■ 训练要求：手绘练习。

图案构图学是学习装饰图案的基础，装饰图案构图目的在于完整表现作品内容，完美体现作品的形式美。图案的用途很多，不同的用途决定了图案不同的构成形式。掌握构图的原理和规律，有助于创作者对图案素材合理的运用、组织和加工，以体现图案形式美，增强装饰艺术作品感染力。

一、装饰图案的构图方式

1.格律体构图

格律体构图是指以九宫格、米字格、曲直方圆等几何形相结合作为骨骼基础的构图。格律体构图以对角线、经纬线形成对称的构成关系，既具有结构严谨、和谐稳定的程式化特征，又因其骨骼变化多样而具有不拘一格的情趣。在我国图案史上，汉砖、铜镜、敦煌藻井、地毯以及民间蜡染等多用此种构图形式为基础。（图3-22、图3-23）

2.平视体构图

平视体构图是指画面不受透视规律限制，所有形象都为平面，是一种自由式的

图3-22　"米"字形组织结构

图3-23　格律体构图　学生作业

构图。它既不受画幅大小的局限，也不受画面空间的局限，对所描绘的对象一律平视，轮廓清晰、简练、单纯，形象不重叠。这种构图形式不刻意追求空间的纵深层次变化，适宜于表现复杂的情景，无论前景、后景都展现在一个平面空间中，不受局限，所以又称为自由体构图。我国传统艺术中的民间剪纸、丝织品、传统壁画等大部分都是采用平视体构图。现代装饰画、壁挂、墙纸、衣料等也常常采用这种富有鲜明的形式美特征和强烈装饰性的构图形式。（图3-24、图3-25）

3. 立视体构图

立视体构图是从平视体构图演化而来的自由式构图。立视体构图是在平视体的基础上，画出顶面、侧面成为立视体。立视体构图中采用散点透视，画面可向无限高度和无限宽度延长，产生一览无余的立体化画面效果，万里山河都可包罗在尺幅之中。

立视体构图是我国传统图案中独特的构图形式。立视体构图在汉代的画像砖、民间木刻版画和年画等上应用很广泛，题材大都是以民情风俗、神话传说、花卉人物、鱼虫鸟兽等为内容。立视体构图画面完整，造型夸张，形象生动。（图3-26、图3-27）

图3-24 放牧纹半瓦当

图3-25 平视体构图 民族刺绣

图3-26 立视体构图——清明上河图 作者：张择端

图3-27 立视体构图 作者：徐丹

二、装饰图案的构图技巧

1.主题的构思

构思是构图的基础。在构思过程中，考虑主题内容与表现形式的统一。

2.骨骼的布局

骨骼是图案组织的重要格式，决定着图案的基本布局，布局对于设计的成败起决定性作用。可先确定大的动势线或人的分割线，在此基础上安排形象的主次。严谨合理的布局，具有艺术感染力。

3.空间的虚实

图案中的形象与空间（背景）构成了图与底、虚与实的关系。实有突出、丰满之感，虚有后退、含蓄之感。可通过组合图案的各元素的大小、叠压、位置、疏密，色彩的明暗、冷暖来体现图案虚实空间的层次关系。

作业内容：运用不同的构图规律设计装饰图案。

作业要求：按三种构图形式各设计一张图案，表现技法不限。作业尺寸为30cm × 20cm。

作业提示：注意各构图形式之间的差异性。

第三节　装饰图案形象的组织形式

■ 训练内容：单独纹样、适合纹样、连续纹样的图案练习。

■ 训练目的：掌握单独纹样、适合纹样和连续纹样的形式规律及组织内涵。

■ 训练要求：手绘练习。

组织形式是图案的外框形状和主体构架，重点在于解决装饰纹样与构成形式之间的关系。它对图案构成起到重要作用，组合图案的元素在排列上追求秩序化、规律化。装饰图案的组织形式主要有单独纹样、适合纹样、连续纹样和综合纹样等。

图3-28 单独纹样 学生作业

图3-29 单独纹样 学生作业

图3-30 单独纹样 学生作业

图3-31 单独纹样 学生作业

图3-32 单独纹样 学生作业

图3-33 单独纹样 学生作业

图3-34 单独纹样 作者：吴秀翠

图3-35 线面效果的单独纹样 学生作业

图3-36 边框分割效果的单独纹样 作者：佚名

图3-37 边框分割效果的单独纹样 作者：佚名

一、单独纹样

单独纹样是指没有一定的外框轮廓，能够单独存在，可以作为一个完整单位应用的图案纹样，单独纹样是基础图案最基本的组织形式。单独纹样要求造型自然、结构完整，纹样的变化动势不受任何外轮廓的约束。这是与其他图案组织形式最大的区别。单独纹样的构图形式有对称式、均衡式和自由式。根据形象在构图中的方向又可分为直立式、倒立式、倾斜式、发散式等。描绘单独纹样须要对形象进行整体把握，加强主要部分，减弱次要部分，而不是单一地填满空间。（图3-28至图3-37）

二、适合纹样

适合纹样是具有一定外形限制的图案造型，是单独纹样的一种特殊表现形式。换言之，适合纹样是让纹样放置于某一特定外框形状之中的图案造型，具有严谨与适形的艺术特点。在适合纹样的构思过程中，纹样的组织结构与一定的几何形框架相吻合，例如正方形、圆形、三角形、五边形、椭圆形等。适合纹样主要的适形方法有以下三种：一是几何形外框适形，即在几何形内部进行填充设计；二是自身形适形，即装饰纹样的外形轮廓具有几何形特征，完整的外形轮廓已经能够形成适合纹样；三是形中形适形，即由几个适合图案组成一个大的适合纹样，例如青铜器上的龙纹、回纹与青铜器的整体外形的适形，这种适形方法复杂丰富。（图3-38至图3-40）

适合纹样同单独纹样一样，骨骼形式基本分为对称式骨骼与均衡式骨骼两种（图3-41）。适合纹样对称式骨骼除沿用单独纹样的骨骼形式外，还有其他三种表现形式：

图3-38 适合纹样 学生作业　　　　图3-39 适合纹样 学生作业

图3-40 适合纹样 学生作业

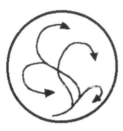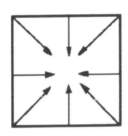

图 3-41　适合纹样的骨骼形式

图 3-42　对称式适合纹样　学生作业

图 3-43　旋转式适合纹样　学生作业

图 3-44　离心式适合纹样　学生作业

图 3-45　旋转式适合纹样　学生作业

图 3-46　综合式适合纹样　学生作业

图 3-47　反转式适合纹样　学生作业

1.反转式

指在一个轮廓内，通过对两个相同的纹样形进行上下或正反位置方向调换而形成的骨骼构图形式。（图3-42）

2.发射式

指带有方向性的纹样骨骼组合形式，通常由直线构成。该纹样骨骼运动方向向外发射称为离心发射，反之称为向心发射。（图3-43、图3-44）

3.旋转式

旋转式与发射式大致相同，通常以弧线构成骨架。这种适合纹样表现形式从构图到表现效果更注重趣味性。（图3-45至图3-47）

三、连续纹样

连续纹样是由一个或几个基本单位纹样向上下或左右无限重复运动，也可以向上、下、左、右四个方向无限重复扩展的纹样。其特点是具有延展性、规律性和连续性。连续纹样可以分为二方连续和四方连续两种。

1.二方连续

二方连续是带状连续的一种纹样。以一个或几个单位纹样向上下反复连续的称为纵式二方连续，向左右反复连续的称为横式二方连续，向对角线方向连续的称为

图3-48 散点式二方连续 作者：胡思亮

图3-49 直立式二方连续 学生作业

斜式二方连续。二方连续纹样的基本构成单位既要求纹样完整，又要求纹样之间相互穿插呼应，具有连续性、方向性和节奏性的特点。二方连续应用很广泛，如日用器皿、陶瓷、包装、报刊等的装饰图案，多采用二方连续纹样。常见构图形式主要有以下几种。

散点式：以一个或几个纹样组成，重复排列，纹样之间有一定的空间距离，故称散点式。（图3-48）

直立式：纹样方向往上或往下，也可上下交替，反复排列。（图3-49）

水平式：纹样方向呈水平状向左或向右，也可以左右交替，反复运动。（图3-50）

倾斜式：纹样作倾斜排列，形成一定的倾斜角度，有并列、穿插、交叉等排列，有动感。（图3-51）

波浪式：用起伏有序的波状线为骨架，纹样连绵不断，节奏、韵律感强。（图3-52）

图3-50 水平式二方连续 学生作业

图3-51 倾斜式二方连续 学生作业

图3-52 波浪式二方连续 作者：毕书君

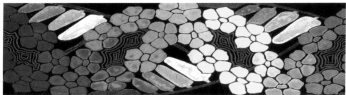

图3-53 折线式二方连续 学生作业

图3-54 综合式二方连续 作者：李鹏

折线式：具有明显的向前推进的运动效果，单位纹样之间以折线状转折作连接。直线形成的各种折线边角明显，刚劲有力，跳动活泼。（图3-53）

综合式：以上几种方式相互配用，巧妙结合可产生变化丰富的装饰纹样。（图3-54）

2.四方连续

四方连续是以一个单元纹样作为循环单位向上下左右四个方向无限反复排列和无限扩展延伸所形成的纹样。四方连续纹样排列较复杂，造型生动，单位纹样在构成四方连续时要注意整体画面统一协调，避免在连续过程中出现大面积的空白或单元与单元之间过密，单位纹样疏密应适当。四方连续纹样应用很广，布料染织、印刷底纹、材料纹理等多采用四方连续纹样装饰。四方连续构图形式主要有以下三种。

散点式：这是四方连续的主要构图形式。它由一个或几个纹样组合成一个单位纹样，单位纹样有规律地向四方循环反复，连续构成，使一个或几个纹样以各自不同姿态、不同大小、不同方向，有规律地散布在一定的范围之内。（图3-55）

连缀式：由一个或几个装饰纹样组成一个基本单位纹样，排列时单位纹样互相连接，互相穿插，构成了连缀式四方连续纹样。这种纹样连续性强，构图形式丰富，装饰效果明显。基本形式有波形连缀、菱形连缀、阶梯连缀、转换连缀、条纹连缀等。（图3-56）

图3-55 散点式四方连续 学生作业

图3-56 连缀式四方连续 学生作业

图3-57 重叠式四方连续 学生作业

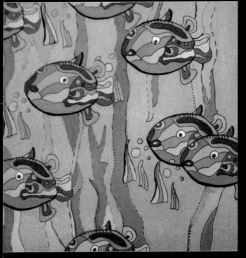

图3-58 平排式四方连续 作者：钟清　　图3-59 斜排式四方连续 学生作业　　图3-60 四方连续 学生作业

图3-61 四方连续 学生作业　　　　　　　　　　图3-62 综合纹样 学生作业

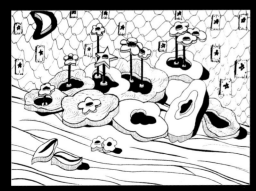

图3-63 点线面的变化与统一 学生作业　　图3-64 综合纹样 学生作业

重叠式：用两种或两种以上的不同单元纹样重叠排列在画面上，底纹可由几何纹连缀构成，主纹样可用散点排列，形成多层次的四方连续纹样。在重叠时须要注意层次清晰，达到既有变化而又统一的视觉效果。（图3-57）

四方连续纹样排列的方法主要有平排四方连续和斜排四方连续。平排式四方连续指单位纹样之间沿垂直与水平的方向反复出现（图3-58）。斜排式四方连续指单位纹样之间沿一定的斜线方向反复出现（图3-59至图3-61）。

四、综合纹样

综合纹样是将单独、适合、连续等纹样综合组织在一起的纹样。综合纹样的构图常用方圆和曲直基本几何形，在经纬线、对角线上安排布局，设计适合的纹样，创造出丰富而又格式严谨的图案。家居用品、建筑陈设等装饰上多采用综合纹样构图，应用范围较广。（图3-62至图3-66）

作业内容：单独纹样、适合纹样、二方连续纹样、四方连续纹样和综合纹样的图案练习。

作业要求：每种纹样形式各画2张，共10张，色彩基调和表现技法不限。作业尺寸为30cm×30cm。

作业提示：合理运用装饰图案形象组织形式的各种方法，注意构图方式的多样性、题材选择的广泛性，从而寻找视觉上的装饰趣味。

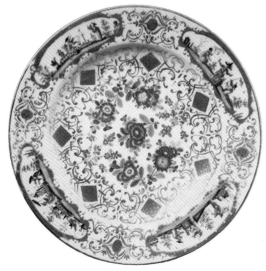

图3-65 综合纹样——瓷盘

图3-66 综合纹样 学生作业

第四节 装饰图案形象的创作方法与表现技法

- **■** 训练内容：用不同的表现技法来创作装饰图案。
- **■** 训练目的：掌握装饰图案形象的创作方法和表现技法，深入拓展创作思维。
- **■** 训练要求：手绘练习、综合材料表现和计算机辅助设计。

一、装饰图案形象的创作方法

构思是创作的前提，思维方式的选择与构思内容和表达形式有直接关系。创作意味着对已有艺术形式有独到的理解和表现。在进行装饰图案创作构思时，常用的思维方法有：写实变化方法、形象思维方法、意象思维方法和抽象构成方法。

1. 写实变化方法

写实变化方法是在符合人、动物、植物或风景的自然形态基础上的相对性写实表现。其图案形象经过归纳整理具有条理性，形象具有相对的客观性，体现一种装饰美感，常被大多数人们所认知和接受。此种方法在装饰图案创作中常常被运用。（图3-67至图3-69）

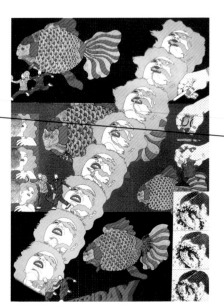

图3-67 写实变化 作者：佚名　　　图3-68 写实变化 作者：佚名　　　图3-69 写实变化 作者：佚名

图 3-70 形象思维 学生作业

图 3-72 形象思维 作者：吴冠中

图 3-71 意象思维 作者：赵无极

2.形象思维方法

形象思维方法包括本体形象思维方法和异体形象思维方法。本体思维方法是借助已有形象的结构、肌理、色彩、形状等进行再创作，在现实形象基础上将形态特征进行规律化处理，让图形更加具有装饰意味。异体思维方法和本体思维方法相比，它所表现的图形更为丰富。运用异体思维方法创作时，创作者借助其他物象的特征来对该物象进行装饰性变化。(图 3-70、图 3-71)

3.意象思维方法

意象思维方法是指通过创作者的主观意念来创造图形的方法。它打破了形象的

图 3-73 意象思维 作者：佚名

图 3-74 综合技法 作者：李抒航

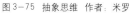
图3-75 抽象思维 作者：米罗

图3-76 抽象思维 学生作业

客观性，使形象进一步纯粹化。创作者在对大自然现象和形态的观察中，通过超乎寻常的想象，在不背离自然本质的前提下，从理性分析入手，任意打破时间和空间的关系，表达自己的主观思想。(图3-72至图3-74)

4. 抽象构成方法

抽象是相对具象而言的，通常以点、线、面为具体的表现语言，运用形式美的规律和法则构成明快、简练、概括的图形。通过组合、解构、重构、渐变、放射、聚散等方法创作具有秩序感、节奏感、规律性的图案形象。在现代社会审美需求下，此种方法在设计艺术中被广泛运用。(图3-75、图3-76)

二、装饰图案形象的表现技法

装饰图案的表现技法丰富多样，形式新颖有趣，可以运用不同的表现技法使画面更具有丰富性、多样性和美感效果。常用的装饰图案表现技法有三大类：手绘技法、特殊技法和计算机辅助技法。

1. 手绘技法

构成法：客观对象是复杂多样的，用点、线、面这三种形态元素概括性地表现形象，形成体面关系，塑造图案形象的结构感、空间感和层次感。图案表现中的点可以增强画面的装饰效果，调节画面气氛；线可用来直接描绘形象的轮廓，使图案形象简练清晰，也可以分割画面和形象，使画面具有空间节奏感；面的形状是由所塑造形象的外形轮廓和内部结构决定，能够更好地协调和稳定图形。（图3-77、图3-78）

平涂法：采用具有一定覆盖力的颜料，均匀平涂每块颜色，进行图案表现。平涂法分为勾线平涂和无线平涂。勾线平涂是在色块的外围用线进行勾勒，组织形

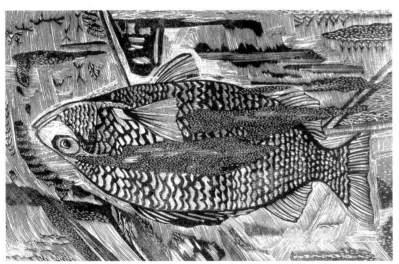

图3-77 构成法 学生作业

图3-78 构成法 学生作业

图3-79 平涂法 学生作业

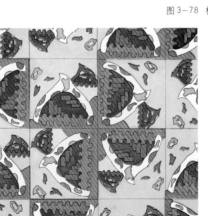

图3-80 平涂法 作者：郑沁蕊

图3-81 平涂法 学生作业

图3-82　光影分色法　学生作业　　　　　　图3-83　光影分色法　学生作业

象，色块之上还可以叠加，勾线的工具可以多种多样，勾线的色彩亦可根据需要而变化；无线平涂是利用色块之间的关系产生一种整体的形象感，并不依靠勾线组织形象。（图3-79至图3-81）

　　光影分色法：将人物、动物、植物采用图与底的方式进行区分，产生清晰的图形轮廓，使装饰图案形象更加富有空间的层次感和结构感。（图3-82、图3-83）

　　2.特殊技法

　　蜡染法：蜡染是一种古老的民间纺染工艺。它的特殊之处除了图案精美外，还在于蜡冷却后会在织物上产生龟裂，色料渗入裂缝，得到变化多样的色纹效果。（图3-84、图3-85）

　　叠印法：主要是通过两种或两种以上的形态进行整体或局部的重叠，前面的形态可作透明的处理。这样可以看到后面的形态，形成第三种新的图案，增强了画面的表现力。（图3-86）

　　晕染法：晕染是一种用色彩的深浅过渡表现图案起伏变化的方法，所得形象色彩变化柔和，没有明显的色阶，画面效果具有偶然性。运用晕染法首先要掌握形象的主体结构和明暗关系，让色彩产生均匀渐变，这样能使事物形象呈现立体的效果。（图3-87、图3-88）

　　肌理制作法：用特定的技术、材料和工具改变画面质地，形成不同的肌理

效果。常用喷洒、拓印、拼贴、浮彩、干笔、刮刻等多种方法表现图案形象。(图3-89至图3-92)

材料拼贴法：是根据装饰图案创作的需求，选择合适的图形按照所需要的材料、形状，剪制并粘贴的方法。它有着手绘达不到的拙朴效果。(图3-93、图3-94)

3.计算机辅助技法

计算机在现代设计领域已被广泛运用。它具有高效灵活、技巧丰富、变化快捷、着色均匀、排列规范等诸多优势，制作出的效果是手绘无法达到的。计算机在图案设计中的应用，为装饰图案表现力的拓展提供了更多可能性，使图案的表现技法更加丰富多彩。(图3-95)

作品欣赏：图3-96至图3-102。

作业内容：结合图案形象的不同创作方法，尝试运用各种工具、材料和技法设计装饰图案。

作业要求：设计装饰图案4张，色彩基调和表现技法不限。作业尺寸为30cm×30cm。

作业提示：注意使用不同材料、技法进行表现，做到内容和形式的统一。

图3-84 蜡染法 学生作业

图3-85 鸟纹 作者：田丹露

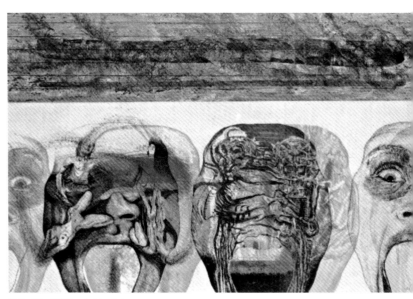

图3-86 叠印法 作者：佚名

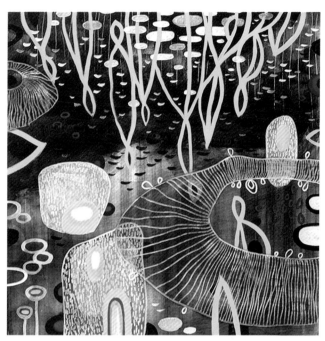

图3-87 晕染法 学生作业

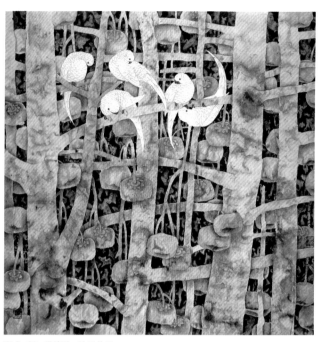

图3-88 晕染法 绘画作品

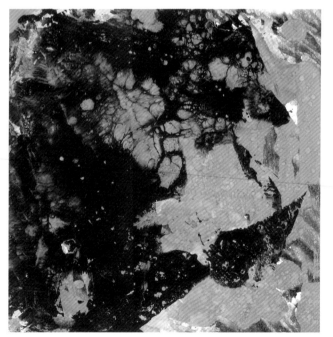

图3-89 漂浮肌理法 学生作业

图3-90 干笔技法 学生作业

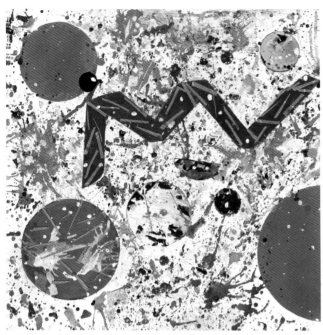

图3-91 喷溅技法 学生作业

图3-92 肌理纸画法 学生作业

图3-93 材料拼贴法 学生作业

图3-94 材料拼贴法 学生作业

图 3-95 用电脑绘制的图案

图 3-96 油画棒法 学生作业

图 3-97 彩铅画法 学生作业

图 3-98 油画棒法 学生作业

图3-99 喷洒技法 学生作业

图3-100 色粉画法 学生作业

图3-101 综合技法 作者：王瑛

图3-102 色粉画法 学生作业

第四章   装饰图案形象的色彩配置

色彩是装饰图案主要的构成要素之一，在很大程度上直接影响图案创作的成败。如果运用得巧妙，色彩能够充分体现图案的丰富多彩和装饰艺术的无穷魅力。装饰图案的色彩侧重于研究色相、明度、纯度等要素的对比调和规律，注重目的性和实用性，同时要在色彩象征意义和情感意义的基础上，概括色彩各种要素，形成超越自然的理想色彩。

- ■ 训练内容：色彩配置的练习。
- ■ 训练目的：掌握装饰图案色彩的配置方法。
- ■ 训练要求：手绘练习。

第一节   获取装饰图案色彩

装饰图案的色彩是平面的、鲜明的、感性的，同时又是主观的和自由的，不同于写实空间的真实性，是对色彩的情感、联想和象征性的表达。当我们从色彩写生进入装饰图案创作时，在颜色的使用与搭配上似乎摸不着方向，其实装饰色彩的获取有一定的方法和途径。

一、从自然中寻求色彩

大自然中的事物具有与生俱来的美丽色彩，如鱼鸟飞虫、飞禽走兽、自然景物等，它们美妙的颜色形象和色彩肌理是我们无法想象出来的。观察和捕捉美丽的自然色是获取色彩最好的手段。如各种动物、植物、非生物颜色，这些色彩为装饰图案颜色的获取提供了很直观的参照。各种色彩组合还能带给我们华丽、古朴、时尚、沉静、热烈等多样的色彩情绪，将这些色彩运用到图案创作中去，准确而生动地表达设计风格，给人带来美好的视觉感受。（图4-1至图4-4）

图4-1 蝴蝶

图4-2 变色龙

图4-3 高原梯田

图4-4 落日晚霞

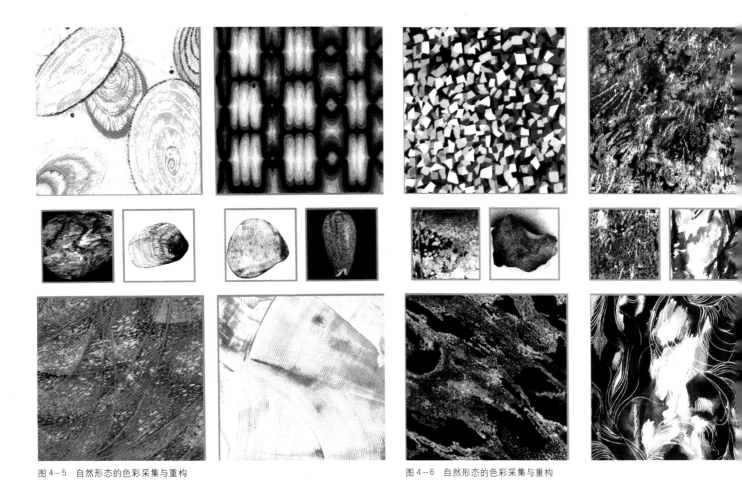

图4-5　自然形态的色彩采集与重构　　　　　　　　图4-6　自然形态的色彩采集与重构

　　做色彩采集练习时，可以选择一张色彩图片，对此进行色彩分析、归纳，根据
设计主题重新进行色彩搭配，体现作者主观的某种情绪或感情。（图4-5、图4-6）

二、借鉴传统艺术的色彩

　　装饰图案的色彩也可以从各种艺术作品中汲取营养。原始社会的陶器色彩多用
红褐色；隋唐时代的陶瓷器通常运用高纯度、多色相的色彩；宋元时期的瓷器主要
采用清新淡雅的低纯度色彩；明清时代的青花瓷、康熙五彩瓷、釉里红瓷等色彩丰
富，具有很强的艺术性。同样在服饰、漆器、金属器和建筑领域中都有值得借鉴和
参考的色彩体系，为现代装饰图案设计提供优秀的资源。（图4-7至图4-14）

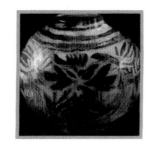

图4-7　传统工艺美术品的色彩采集与重构　　　　　图4-8　传统工艺美术品的色彩采集与重构

图 4-9 《拾穗者》 作者：米勒

图 4-10 《拾穗者》 色彩归纳

图 4-11 《星空》 作者：凡·高

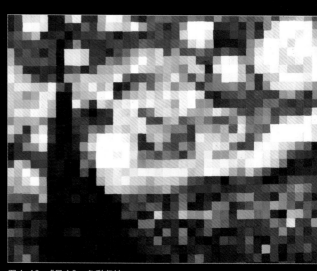

图 4-12 《星空》 色彩归纳

图 4-13 《日出印象》 作者：莫奈

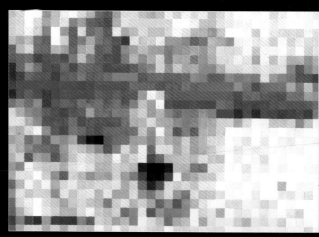

图 4-14 《日出印象》 色彩归纳

图 4-15　京剧人物

图 4-16　民间年画

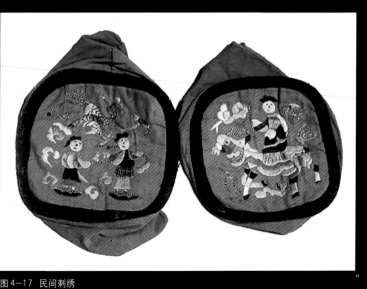

图 4-17　民间刺绣

图 4-18　民间花灯

三、采集民间艺术的色彩

千百年来，各民族创造的绚丽多彩的民间艺术，蕴含着各民族社会生活、历史文化、风俗习惯、宗教信仰和美学观念等丰富内涵。每个时期的地域文明，都会产生它特有的艺术。因此，通过对民间美术图案的纹饰和色彩的分析与研究，从中吸收大量宝贵的配色经验，可丰富装饰图案的图形语言和寓意。如中国的国粹京剧中的人物脸谱、头饰、服饰的色彩搭配，木版年画中用色习惯和方式，蜡染艺术的色彩组合，剪纸艺术的用色形式，刺绣艺术作品中的地域色彩，民间玩具和灯彩的色彩构成等。(图4-15至图4-18)

作业内容：从自然环境、传统艺术和民间艺术中收集归纳色彩，创作装饰图案。

作业要求：手绘装饰图案图4张，色彩基调和表现技法不限。作业尺寸为30cm×30cm。

作业提示：确定图案主题，主观地表现画面，注意色彩搭配和图形组织具有现代感。

第二节　配置装饰图案色彩

色彩对于人类来说是必不可少的，它确定了人类的生存环境，在赋予生物学意义的同时又辅助大脑产生对日常事物更富有感性的解释。体现人类能动性的色彩配置，涉及人类智慧的主观感受、匠心独运的人为色彩，正是这丰富多彩的自然组合，为艺术与设计提供了取之不尽、用之不竭的灵感。合适的色彩搭配往往能让人们激发美好情感。装饰图案的色彩注重对整体色调的设定，强调归纳性、统一性和夸张性。(图4-19)

一、基本色调的设定

图案的基本色调是指一幅画面总的色彩倾向，

图4-19　色彩配置　学生作业

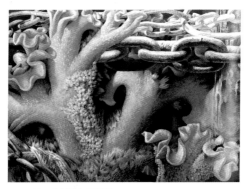

图4-20 暖色调色彩配置

图4-21 冷暖色调 学生作业

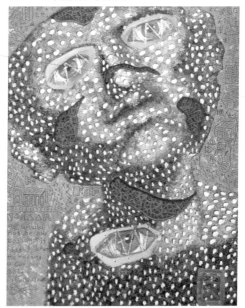

图4-22 冷暖色调 学生作业

是由占主要面积的色彩相貌所决定。色调可以从明度上分为高明度亮色调、中明度色调和低明度暗色调，从纯度上可以分为高纯度色调、中纯度色调和低纯度灰色调，从色相上分为红色调、绿色调、蓝色调、橙色调等，从冷暖上可以分为冷色调与暖色调。每一种色调中的颜色均可以通过改变色相、明度、纯度及色性而发生变化，使形象更加丰富多彩。

在调配一幅图案的颜色之前，要根据装饰图案主题和主观意图，对图案的色调有一个总体的构想，确定色彩主体色调。一般来说，在画面中占据面积较大的色彩能够左右画面整体色调，大面积使用同一色系的色彩可使它成为画面的主导。基本色调确定后，色彩搭配都应与基本色调的构想相符与呼应，其余色彩的面积比例关系、对比关系对色调起着至关重要的影响，应以加强基本色调的强度，以突出强化主题为目的。（图4-20至图4-22）

二、对比色调的配置

色彩对比指两种或两种以上色彩并置相互产生的互衬效果，从而使色彩的明度、纯度及色相得以加强。色彩对比主要采用明度对比、纯度对比和色相对比等方法配置色彩，取得强烈的画面效果，产生既有对比变化又和谐统一的色彩关系。通常色彩对比中的调和配置与色彩的色相、明度、纯度、冷暖、面积等要素有着直接关系，运用对比色彩时注意运用科学的配置方法与构成规律。

有些初学者敢于用高纯度色彩进行对比，但容易产生生硬而不和谐的画面；有些初学者受绘画色彩的影响，不敢用太多对比色而使用了过多的灰色，结果又产生沉闷而不灵动的画面。解决此类问题的方法有以下几种。

1.改变纯度与明度

两种对比色彩搭配时，可降低其中某一色相的纯度或明度，如在某种颜色中加入黑、白或加入其他色彩，使其纯度或明度降低，可达到装饰图案形象和谐的效果。在图案形象中高纯度、明度的色彩与减弱纯度和明度的色彩配置，能够形成和谐的视觉效果。（图4-23至图4-26）

图4-23 色彩纯度对比 学生作业

图4-24 色彩纯度对比 学生作业

图4-25 色彩纯度对比 学生作业

图4-26 色彩纯度对比 学生作业

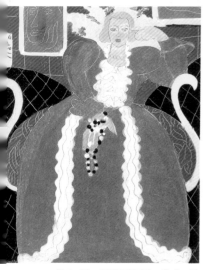

图4-27　色彩面积对比　作者：马蒂斯

图4-28　色彩面积对比　作者：葛本新

2.调整面积大小

如果两种色相对比强烈，其面积大小相似，则会形成不稳定的强对比效果，若将其中一方的面积适当缩小，则可达到色彩调和的效果。色彩面积大小影响着画面的空间感，当两个色块并置时，大面积色彩向前，小面积色彩退后；如被大面积色彩包围的小面积色彩有时反而有向前感觉。如"万绿丛中一点红"就是这个原理，把最强烈的红色面积缩小，增加绿色的面积，反而更能凸显红色，使画面在统一中有变化。（图4-27、图4-28）

3.无彩色系间隔

黑、白、灰、金、银被称为无彩色系，用无彩色作底色或作为间隔线表现，或者在纹样中使用无彩色的点、线、面，都可以使对比强烈的色彩起到调和的作用。同时无彩色还有加强对比色彩的功效，例如一幅色彩对比关系较弱的图案形象，其明度相似、纯度相近或色相相近，可以采用

图4-29　无彩色间隔　学生作业

明度差距较大的黑或白间隔，其对比反而鲜明。因此，无彩色可以调和对比强烈的色彩配置，还可调整画面的整体感觉。（图4-29）

三、调和色调的配置

色彩的调和，是相对于色彩对比而言的。对于色环上距离较近、色彩对比较弱的组合，刚开始时视觉效果比较柔和，但时间稍长，会感觉模糊、平淡、乏味，甚至还会感觉厌烦与疲劳；反之，色环上距离较远，对比较强的组合，刚开始时视觉

效果比较强烈，但时间稍长，会感觉疲劳、不适，甚至焦躁不安，情绪无法稳定。色彩调和须要在色彩对比的变化统一中体现出来。不协调的对比色，可通过增强统一的方法来调和；而单调的色彩，则可运用增强对比的方法来调和。色彩调和的基本方法，其根本目的就是要实现既丰富多彩又统一协调的配色效果。

1. 加强与削弱

使原本色相对比太弱或太强的色彩组合，从明度和纯度两方面拉开或拉近距离，以此来增强画面的调和感。如红与绿对比太强，分别加入白色和黑色进行调和，变成粉红和墨绿的对比，削弱了其纯度对比。又如黄与中黄的对比组合，因色相对比距离小，容易给人感觉单调，如果分别改变其明度及纯度，画面就会显得活泼而又有生气。（图4—30、图4—31）

2. 同类色调和

同类色表现的画面显得色彩单纯而温柔，微妙而统一，具有优雅的装饰气质。常把色相环上跨度45度以内的各色相搭配，如黄与绿、黄与橙、紫与红、紫与蓝等。在设计同类色作品时可从画面内容、技法、材料等方面多加考虑，以免画面产生单调和平庸的感觉。（图4—32至图4—34）

图4—30 加强与削弱的调和 学生作业

图4—31 加强与削弱的调和 作者：张慧

图4-32 同类色调和 学生作业　　　　图4-33 同类色调和 学生作业

3. 邻近调和

在多色相强对比组合的情况下，为使其达到协调统一，可把邻近的两色互相透叠，透叠后所产生的间色能起到协调补充画面的作用。邻近色表现的画面视觉效果统一而饱满，是充满活力的色彩关系。（图4-35至图4-37）

4. 序列调和

秩序产生和谐，有秩序的色彩容易调和。运用等色阶过渡的办法，对于能产生强烈对比关系的色彩进行有秩序的组合。利用明度、纯度及色相的有序推移和对比色相、冷暖色相的有序推移等方法，有规律地分散对比强度，达到色彩对比调和的目的。（图4-30至图4-40）

作业内容：对比色调调和与色调的装饰图案练习。

作业要求：手绘装饰图案画4张，色彩基调和表现技法不限。作业尺寸为30cm×30cm。

作业提示：确定图案主题，主观地表现画面。

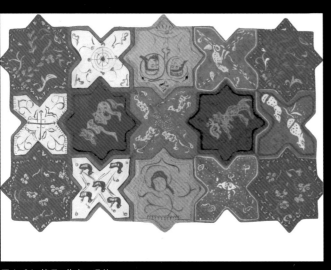

图4-34 拷贝 作者：冯静

图4-35 邻近色调和 学生作业

图4-36 综合技法 作者：张帆

图4-37 邻近色调和 学生作业

图4-38 秩序调和 学生作业

图4-39 秩序调和 学生作业 图4-40 秩序调和 学生作业

第五章　装饰图案在设计艺术中的应用

具有中国传统审美意味的图案，在现代的设计理念中一直被推崇，它已经成为一种设计手段而进入实用设计领域，直接影响着我们的生活。随着社会的进步和科技的发展，装饰图案的表现手法层出不穷，形式和内容也更加丰富，装饰图案的应用范围随之逐渐扩大，渗透到现代设计中的各个领域。装饰图案在设计中的呈现主要包括视觉传达设计、环境艺术设计、服装设计、动漫设计等领域。

视觉传达设计包括标志设计、企业视觉识别设计、产品包装设计、书籍装帧设计、广告设计等。它以图案、色彩和文字为基础元素，其中图案的设计要求美观、新颖、适用，能够准确表达设计意图。无论图案是传统的、古典的还是前卫的、现代的，都为设计作品增添了魅力。环境艺术设计的较多领域与装饰图案关系更为密切，其中包含室内设计、景观设计、陈设设计、壁画设计等。装饰图案形象能够烘托环境空间的光与色，它的合理应用，有利于塑造环境艺术的风格特色和细节韵味，使空间环境充满艺术和文化气息。装饰图案在服装设计中占有重要地位。服装

图5-1　绝对牌伏特加酒广告招贴

具有极强的装饰性。除了服装的款式和面料之外，服装上的图案以及色彩是制约服装装饰性的重要要素。服装图案作为服装设计的重要组成部分，其合理应用关系着服装本身的舒适度、实用功能以及满足人们的审美需求，为服装增添了艺术魅力。图案在动漫设计中的应用则更为广泛，无论是动漫中人物和动物的形象塑造，还是场景的二维表现，这些都与图案设计密切相关。(图5-1)

第一节　装饰图案在标志设计中的应用

标志是指经过设计的特殊图形或文字构成，以象征性的语言和特定的造型、图案来传达信息，表达某种特定含义或事物的视觉语言。图案类的标志具有强烈的识

图5-2 广州2010年亚运会标志

图5-3 上海2010年世博会标志

图5-4 凤凰卫视中文台 标志

图5-5 同济大学 标志

图5-6 中国邮政 标志

图5-7 伦敦2012年奥运会 标志

图5-8 中国联合网络通信集团有限公司 标志

别性，它集多种功能于一体，将企业名称、文化理念、产品特征等信息清晰传达，是联系企业、商品与消费者之间的桥梁。对经典图案和传统图案进行深入分析，把握图案的"形"与"意"，让其成为标志设计中新的图案元素。（图5-2至图5-7）

一、形的重构

图案形的重构是指设计师应立足在原图案的基础上，对原图案进行分解、重构和衍生，将重构的形运用到现代标志设计中。这样设计出来的标志既能体现传统艺术的神韵，又带有鲜明的时代特征。

二、意的表达

经典图案和传统图案都蕴含的深刻含义，不同的图案有着不同的意境。设计者必须深入探究，理解图案所表达的意义，才能将图案所蕴含的"意"合理应用到现代标志设计中，传递现代标志的设计理念与个性。

【标志设计同装饰图案结合的优秀范例】

1.中国联合网络通信集团有限公司的标志（图5-8）

中国联合网络通信集团有限公司（简称中国联通）的标志造型由中国古代吉祥图形"盘长"纹样演变而来，回环贯通的线条象征着中国联通作为现代通信企业的井然有序、迅达畅通以及联通事业的日久天长。标志在色彩上选择了与传统的中国结相同的红色，从通信行业的S标志色——蓝色中跳脱出来。标志采用现代几何设计手法，几何化的图案更加符合现代人的审美观和时代要求，其造型有两个明显的上下相连的"心"，它形象地展示了中国联通的通信服务宗旨：与用户心连着心。造型中的四个方形寓意为"四通八达、事事如意"，六个圆形寓意为"路路相通、处处顺畅"。而标志中的十个空处则有"圆圆满满、十全十美"之意。整个标志洋溢着古老东方的吉祥之气，是标志设计中重构传统图案的一个经典案例。

2.北京申办2008年奥运会的标志（图5-9）

该标志整体结构也是取自传统吉祥图案"盘长"，设计师发现了盘长与奥运五环图形的契合点，重构的中国结极具中国吉祥气息，诠释现代标志设计理念。标志运用中国书法中所特有的"笔不到而意到"的写意手法，创新性地设计出一个形似太极拳师的运动形象，恰到好处地传递出"中国结"和"运动员"两个动势与意象，不仅蕴含了中国人传统观念中固有的吉祥意识，而且充分地体现了奥林匹克"更快、更高、更强"的精神理念。

图5-9 北京申办2008年奥运会 标志

3.北京2008年奥运会的会徽（图5-10）

北京2008年奥运会会徽命名为"中国印·舞动的北京"，它将中国传统的印章、书法等艺术形式与运动特征结合起来，有着深刻的精神内涵。以中国传统文化汉字和印章作为标志主体图案表现形式，选用中国传统颜色——红色作为主体图案标准色，体现了中国文化的特点，代表着喜庆与祥和的人文情怀。作品主体部分的"京"字又似一个人张开双臂，传递着中国的友好、真诚与热情。标志中的人形又可幻化成向前奔跑、迎接胜利的运动员，充满了动感与活力。此标志把中国文化和奥运会的精神表达得淋漓尽致。

图5-10 北京2008年奥运会会徽 标志

4.中国银行的标志（图5-11）

中国银行的标志采用了中国古钱币与"中"字为基本图案形态，通过两个基本形象的巧妙结合，隐含行业天方地圆、经济为本的理念。整体造型简洁、大方和稳重，中间的"中"字巧妙凸显了中国银行的地域性。色彩采用有热烈、喜庆、发展、富足等美好内涵的红色，易于被公众所接受，表达了企业现代化发展的服务品质和长远稳健推进的经营作风。

图5-11 中国银行 标志

5.中国国际航空公司的标志（图5-12）

该标志图形借用了凤凰纹样在中国文化中所特有的吉祥含义和独有的优势地位，结合其优美的图案造型，采用现代几何造型设计手法对凤鸟纹样进行概括、简化、抽象等处理，喻示中国国际航空公司在中国航空业中的领头地位和乘客所受的礼遇。

图5-12 中国国际航空公司 标志

第二节　装饰图案在包装设计中的应用

　　包装设计不只局限于包装视觉上的美感，把商品的魅力充分地展现出来才是目的。在设计包装时，把传统图案的文化内涵结合现代设计语言融入现代包装设计中，使包装设计更具有文化性、民族性和世界性。中国传统图案应用到商品包装的设计中，可强化商品的民族性和地域性，激起消费者的民族亲切感，进而促进产品的销售。(图5-13至图5-16)

图5-13 学生作业

图5-14 学生作业

图5-15 学生作业

图5-16 学生作业

1.国礼茶——紫禁贡包装（图5-17）

龙图腾是中国传统吉祥图案的经典
案例，在该包装图形设计中占有重要的
地位。龙纹是中华民族的标志和象征，
在封建社会，它代表了帝王与皇权。只
要有龙纹出现，就意味着吉祥、如意、喜
庆、神圣等。此纹样用在中国传统饮品
的国礼茶——紫禁贡包装上十分恰当和
谐，体现民族的文化韵味和产品的优良
地位。

2.贵府特醇酒系列包装（图5-18）

此包装设计沿袭了中国传统工艺美
术精品青花瓷的装饰风格，产品在容器、
结构表面的包装视觉设计中运用了缠枝
纹、花卉纹、龙纹等典型装饰纹样，极
具艺术观赏性，同时也揭示了该酒深刻
的文化内涵和底蕴。中国书法和吉祥图
案的结合把中国传统文化特点巧妙地烘
托出来，使商品在国际市场的竞争中更
加凸显民族特色。

3.稻香村月饼包装（图5-19）

此包装设计综合运用了传统的中国
吉祥装饰元素，结合东方特有的审美观
念，以红色为主体色彩，配以特殊工艺
制作的金色牡丹花卉，营造出欢乐喜庆
的节日气氛。牡丹花卉纹样形态多样、
形象逼真，蕴含了高贵、幸福的内涵。此
包装整体外观设计鲜艳而夺目，具有很
高的观赏价值与文化内涵。

图5-17 国礼茶——紫禁贡

图5-18 贵府特醇酒

图5-19 稻香村月饼

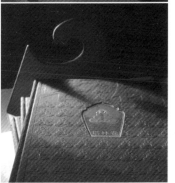

图5-20 《中国少林寺·塔
林卷》书籍设计

图5-21 《绘图金莲传》书籍设计

图5-22 《守望三峡》书籍设计

第三节 装饰图案在书籍设计中的应用

书籍的封面、封底和书脊是书籍装帧的重要组成部分，是书籍的外观视觉形象，肩负着说明、宣传、保护等多种功能。封面中图形、文字和色彩的设计所营造出的整体氛围，会直接影响读者的购买动机和阅读体验。

在书籍装帧设计中，传统图案文化在设计中得到了延伸和发展。书籍装帧设计师充分将民族传统文化信息同现代社会人们的审美结合起来，通过书籍的设计语言唤起民众对传统文化的认同感。优秀的装饰图案形象在书籍设计中成功运用的实例表明，中国传统文化发展的过程与现代人的审美诉求是一致的，不断发展的书籍装帧设计自身也在传递着美的观念。（图5-21至图5-22）

【书籍设计同装饰图案结合的优秀范例】

1.《小红人的故事》书籍装帧（图5-23）

该书装帧设计获得全国第六届书展金奖。该书的整体设计从函套至书芯，从纸质材料到装订样式，从字体的选择到版式的排列，无不浸染着中国传统民间剪纸艺术中祈福、纳祥的艺术色彩。整体设计通过纸张所体现的自然之美与剪纸的肌理、触感以及传统线装工艺所表达的独特美感，给读者带来了美好的阅读氛围。设计师运用了中国传统的吉祥元素，与书中展现的乡土文化融为一体，使设计更好地服务于主题，取得了良好的效果。

图5-23 《小红人的故事》整体书籍装帧

2.《中国记忆》书籍装帧（图5-24）

此书是由著名书籍装帧设计家吕敬人设计，被评为2008年度德国莱比锡"世界最美的书"。《中国记忆》装帧设计一如既往地采用中国风格，融进诸多的中国元素——水墨晕染、原始象形文字、中国书法配以中国红的书名、古朴典雅的外包装，勾勒出一个东方美学的综合体。整体装帧的概念元素取材于中国传统文化中虚实空间对立的概念。由外至内，从书匣的外封到图录，体现出阳刚与阴柔的变幻的视觉效果。尤其是采用柔软纸材，装订形式上吸收中国古代线装书的装订特点，让中国符号的细节改变传统图录设计的特征与质感，因而增强了阅读的层次感。

图5-24　《中国记忆》封面设计

3.《曹雪芹风筝艺术》书籍装帧（图5-25、图5-26）

此书是由清华大学美术学院副教授赵健设计，被评为2006年度德国莱比锡"世界最美的书"。这本书的内容叙述了我国的传统民间艺术——风筝，设计赋予该书以生命力，让阅读者有"放风筝"的感受。在具体细节上，设计者选择以线装书来体现历史感，字体选用了人们最熟悉的中文楷体。"放风筝"的体验主要是通过封面和书中代表风筝线的装饰虚线来传达。这些虚线除了传达自由、放飞的感觉，作为版面语言还起到了穿针引线的作用。整体设计折射出中国人所特有的审美观，体现着中国独特的文化内涵。

图5-25　《曹雪芹风筝艺术》封面设计　　图5-26　《曹雪芹风筝艺术》内页设计

第四节　装饰图案在服装设计中的应用

　　图案是服装设计中除款式、材质和色彩以外的重要设计元素。服饰上的图案表现形式多种多样，最常见的是面料上印制的图案。这类平面效果的图案处理手法有印花、织花、拼接、补花、贴花等；除此之外还有立体效果的图案处理手法，如由不同材质、颜色的面料拼贴形成的图案，以及刺绣、纺织、钩花、编织、抽纱、镂空等所形成的图案纹样。服装图案以不同的工艺技法带来丰富变化的视觉效果，这使得传统图案纹样得以在现代服装商品中传承下来，被赋予新的生命力，呈现出现代的设计感，为大众所接受。(图5-27)

　　服装设计师还常利用装饰图案强调或削弱服装造型及结构上的某些特点，借助图案自身的色彩对比与形象造型，产生一种"视差"错觉来突出某一特色，或者掩饰着装者形体的缺点，弥补服装本身的不完美。同时，由于服装使用功能的特殊性，在做设计时也要考虑到装饰图案要能够满足服装的运动性与立体性。

　　在进行服装设计之前，要充分理解所选取图案的寓意和内涵，使其与服装的风格以及功能有机联系在一起。例如常见的婚礼礼服设计，往往多以中国传统图案的花卉、龙凤纹等为蓝本进行变换。另外，图案设计如果只是对已有的装饰图案进行简单的堆砌和拼贴，会显得肤浅，设计必须有创新，融入设计者的设计理念。进行服装设计时也可直接采用装饰图案来表现特定风格。这类图案在服装中的运用基本上是以单独纹样或是以一个图案为主体的形式来表现。(图5-28、图5-29)

　　总之，服装中的装饰图案设计要同时满足服装的实用功能和审美需求，要考虑服装的受众群体，了解消费者心理，满足使用者的喜好。装饰图案是为服装设计服务的，既不能过于强调装饰性而忽视了实用性，也不能注意实用性而忽视了装饰性。其目的是增强服装实用功能和艺术美感。

第五节　装饰图案在室内设计中的应用

　　室内设计风格往往与装饰图案有着极为密切的关系。室内设计中装饰图案的应用，遵循的是实用、经济、美观的原则，即在满足人们实际功能需要的前提下，配合审美的心理，让居住者在生理和心理上同时获得充实感，让生活变得更加舒适和

图5-27 第十届全国美术大展获奖作品

图5-28 印花图案

图5-29 传统图案

轻松。诚然，不同的人受性别、年龄、职业、文化、民族、地域等因素影响，对室内装饰图案的审美也千差万别。因此，室内设计中装饰图案的应用也要因人而异，没有明确的评判标准。

一、家具形态

用装饰图案来丰富家具形象，这是家具设计采用的一种有效手法。我国传统几何图案中的回纹、方胜纹、断字纹、水波纹、云纹、雷纹及植物纹等样式活泼的纹样，常用来装饰家具的线脚和边框；夔纹、龙纹、宝相花纹、云纹等造型简洁明了，装饰性强，适合用来作为椅背的装饰；瓦当图案中的青龙、白虎、朱雀、玄武四神纹样，剪影式的质朴造型，简化了细节，强化了力感，具有简洁明快的风格，非常适合现代人的审美情趣，是装饰椅背、床屏、柜面等的首选。（图5-30）

现代装饰图案简洁明快，而传统装饰图案形象较为具体、繁琐。在现代家具设计中应对其进行一定的变化，运用的主要方法是简化归纳、夸张变形和抽象构成。（图5-31）

二、室内的软装饰

室内的软装饰通常指室内使用的纺织品，是调节家居气氛最重要的视觉装饰要

图5-30　清代彩绘描金紫檀扶手椅

图5-31　坐椅纹饰　设计师：杜菲

素。室内纺织品包括窗帘、地毯、帷幔、床单、被罩、布艺沙发等，它们的装饰图案纹样设计对于室内空间氛围和艺术效果的营造起到非同小可的作用。室内纺织品的装饰图案设计受多方面因素的影响，如地域文化、时代风尚、季节流行、表现手法、科学技术等都对其设计装饰的最终效果有着极大影响。但无论装饰图案的风格如何变化，室内纺织品上装饰图案的应用，都应突出空间环境的装饰格调，具有整体设计感，其造型和色调要与室内装饰风格协调统一。(图5−32)

图5−32 室内家居装饰

三、墙面、天花和地面

室内空间中占有较大面积的墙面、天花、地面也是图案发挥其装饰作用和美化空间的重要场所。装饰图案在这些区域的表现一般为地砖、墙砖、木地板、壁纸、墙布、石膏板等。在宾馆的大堂或大型公共空间中，四方连续纹样多用作地面拼花和天花顶棚上的图案；而一些独立的装饰图案，因其本身具有独立性和完整性，除了常被应用于地面中心的拼花，还能较为灵活自由地运用在很多地方，例如运用在比较有现代设计感的墙面壁纸上。(图5−33)

图5−33 天花图案

四、其他物象

室内的屏风、隔断、门窗、梁柱、电器、灯具、日用品等器物陈设随着装饰图案的发展变化，其装饰性也在逐步增强。我国传统装饰图案纹样风格形式美感强，适合用作玄关、屏风、隔断等较大面积的装饰，例如中国图案中的回纹、盘长等元素，可用作现代玄关和屏风的图案设计，使作品既有传统的精致典雅之美，又具有现代图案构成设计的意识，简约而不简单。一些现代装饰图案形象具有抽象、活泼和色彩丰富等特质，多被应用于现代感较强的灯具或电器的外立面上。(图5−34、图5−35)

图5−34 灯具

图5−35 室内隔断

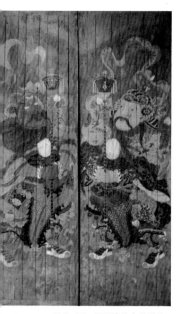

图5-36　民居建筑中的彩绘
大门

图5-37　大理石拼花的巴比伦门

第六节　装饰图案在景观设计中的应用

装饰图案在景观设计中的合理应用，能给我们生活的外部环境带来丰富的色彩感知和艺术魅力，给人以美的享受。

一、建筑物

大门：很多建筑物大门都会以装饰图案来创造视觉形象。大门上的装饰图案种类多样。有的呈静态，对称而平衡；有的呈动态，舒展而流畅。装饰图案风格各异，表现为粗犷、精细、繁复、简单、刚强、柔美等视觉感受。大门装饰图案的题材丰富，有几何形、花叶、卷草、藤蔓、动物等。装饰图案通常是采用涂刷、拼贴、铁艺、雕刻等手法来表现，可获得很好的艺术效果。（图5-36、图5-37）

外墙：中国建筑的外墙面装饰历史久远，最早出现的是秦汉时期的画像砖与画像石。中国传统民居建筑的外墙装饰，则多以祥云、瑞兽、梅、兰、竹、松等为图案题材，雕刻精细，内涵丰富，意义深远。现代建筑外墙体的装饰手法除了上述的题材和手法之外，还采用镶拼彩色瓷砖、马赛克或直接在墙面涂鸦等多种方式，形成特殊的装饰图案效果。（图5-38至图5-40）

图5-38　皖南民居建筑　砖雕门楼

图5-39　现代建筑外墙装饰

图 5-40 现代建筑外墙装饰

图 5-41 汉字图形的大门把手

图 5-42 运用民间皮影艺术
的景观小品

二、景观小品

在景观小品中应用装饰图案不仅可以达到美观的
效果，还可以使景观小品更准确地体现其精神内涵。合
适的装饰图案应用可以使景观小品在凝固中产生动感，
而把被赋予丰富寓意和象征的装饰图案应用到景观上，
加深了景观本身的内容和含义。(图 5-41、图 5-42)

例如，成都市区内的宽巷子、窄巷子是两条极具
民俗意味的姊妹酒吧步行街，街区中的路标、门牌、垃
圾桶等景观小品都包含了丰富的图案元素设计符号，
将传统文化风格保留了下来。成都天府广场中心的金
沙太阳神鸟雕塑、广场四周的十二文化灯柱上，都装
饰了多种金沙、三星堆出土文物的图案纹样，塑造了
极具西蜀文化内涵的城市景观形象，突出了地域特色。
(图 5-43、图 5-44)

图 5-43 道路导示牌

图 5-44 成都天府广场的十
二文化灯柱

三、园林环境

千姿百态的装饰图案给室外环境增添了无穷的魅力。园林地面的装饰图案因应用的场景不同而各有变化，设计时要根据整体景观立意而采用相应的图案表现。如苏州园林的铺地装饰，基本都由小石子和碎砖块拼贴而成，装饰图案题材有几何形、海棠花、荷花、金鱼、凤鸟等，造型生动、色彩古朴，营造出中国传统私家园林静谧、闲雅、安逸的氛围。现代城市广场的铺地设计，则是采用不同色彩或不同材质的材料进行地面拼花，装饰图案多以几何形态出现于景观地面。(图5-45、图5-46)

园林绿化也是应用装饰图案较多的一个领域，草坪的修剪、绿篱的造型或是花池花坛的设计，往往汲取不同图案元素，使园林绿地装饰具有极强的艺术效果。(图5-47、图5-48)

图5-45 吉祥纹样铺地（拙政园）

图5-46 动物纹样铺地（拙政园）

图5-47 广场绿化

图5-48 广场绿化

第七节　装饰图案在动漫设计中的应用

　　优秀的本土动漫作品大量借鉴和应用了图案艺术。从传统的装饰图案中挖掘可利用的设计元素，结合现代动漫设计风格，创作出生动活泼、极具魅力的动漫形象，是当今中国动漫作品体现民族特征的重要手法。利用传统装饰素材设计动漫作品，不是简单的照抄照搬，而是对它进行再创造。以作品主题理念和设计者审美观念为指导，采用现代技术的表现手法和制作手段，融入传统文化精髓，创作出能充分体现现代与传统完美融合的动漫作品。（图5-49至图5-54）

图5-49　动漫人物

图5-50　动漫人物

图5-51 动漫人物 OKAMA

图5-52 动漫人物 OKAMA

图5-53 现代动漫人物

图5-54 现代动漫场景

参考文献

《图案基础与应用》　　　　胡家康、周信华编著　　　　东华大学出版社　　　　2006 年第一版

《图案造型基础》　　　　　崔唯编著　　　　　　　　　中国纺织出版社　　　　2004 年第一版

《装饰图案》　　　　　　　赵茂生编著　　　　　　　　中国美术学院出版社　　1999 年第一版

《基础图案设计》　　　　　罗鸿编著　　　　　　　　　中国纺织出版社　　　　2006 年第一版

《装饰图案及应用》　　　　肖飞、朱益民、唐应山编著　湖南大学出版社　　　　2005 年第二版

《装饰图案》　　　　　　　吴晓兵主编　　　　　　　　安徽美术出版社　　　　2007 年第二版

《装饰图案设计》　　　　　胡红忠、郑浩华编著　　　　武汉理工大学出版社　　2005 年第一版

《装饰图案》　　　　　　　李家驹主编　　　　　　　　高等教育出版社　　　　2008 年第一版

《装饰图形设计》　　　　　张嗣苹、赵春雷编著　　　　中国纺织出版社　　　　2007 年第一版

《图案装饰及应用》　　　　朱辉球、吴天麟主编　　　　北京工艺美术出版社　　2007 年第一版

《装饰图案基础教程》　　　丰春华等著　　　　　　　　人民美术出版社　　　　2008 年第一版

《浅谈图案设计教学对艺术设计的驱动作用》黄丹著　广西艺术学院学报　　2005 年 4 月第 19 卷第 2 期

《中国传统图案的传承与创新》　　　何园园著　苏州教育学院学报　　2006 年 6 月第 23 卷第 2 期

后 记

坚持职业教育"以服务为宗旨、以就业为导向"的办学方针，需要我们根据市场和社会需要，不断更新教学内容，改进教学方法，推进精品专业、精品课程和教材建设。

高等学校高职高专艺术设计类专业规划教材作为我省唯一一套针对高职高专艺术设计类专业的规划教材，从市场调研到组织编写，再到编辑出版，历时两年。在此期间，既有教育行政管理部门的关心与支持，也有全省30余所高职高专院校的积极响应；既有主编人员的整体规划、严格要求，也有编写人员的数易其稿、精益求精；既有出版社社委会领导的果断决策，也有出版社各个部门的密切配合……高职高专的教材建设作为实现我省职业教育大省建设规划的一项基础性工作，这其中凝集了众多人士的智慧和汗水。

《装饰图案》是高等院校高职高专艺术设计类专业规划教材中的一册，由合肥师范学院吴道义担任主编，安徽艺术职业学院朱欢瑶担任副主编，河南工程学院蒋蒙参与了第一章、第二章和第五章内容的编写。

高等学校高职高专艺术设计类专业规划教材的编写是一次尝试，由于水平和能力的限制，书中不足之处在所难免。真诚希望老师们在使用本书的过程中，能将所遇到的问题及时反馈给我们，以使我们的教材不断完善。

向所有为本套教材的编写与出版付出辛勤劳动的人表示深深的敬意！

编 者

2010 年 8 月